KB092872

헤르만 헤세 시집

클래식 보물창고 34
헤르만 헤세 시집

펴낸날 초판 1쇄 2015년 2월 25일
지은이 헤르만 헤세 | **옮긴이** 이옥용
펴낸이 신형건 | **펴낸곳** (주)푸른책들 | **등록** 제321-2008-00155호
주소 서울특별시 서초구 양재천로7길 16 푸르니빌딩 (우)137-891
전화 02-581-0334~5 | **팩스** 02-582-0648
이메일 prooni@prooni.com | **홈페이지** www.prooni.com
카페 cafe.naver.com/prbm | **블로그** blog.naver.com/proonibook

ISBN ISBN 978-89-6170-476-2 04850
＊ 잘못된 책은 구입한 곳에서 바꾸어 드립니다.

ⓒ (주)푸른책들, 2015
＊ 이 책 내용의 일부 또는 전부를 재사용하려면 반드시
(주)푸른책들의 서면 동의를 얻어야 합니다.

이 도서의 국립중앙도서관 출판시도서목록(CIP)은 서지정보유통지원시스템 홈페이지(http://seoji.nl.go.kr)와
국가자료공동목록시스템(http://www.nl.go.kr/kolisnet)에서 이용하실 수 있습니다.
(CIP제어번호: CIP2014037808)

표지 및 본문 그림 | 헤르만 헤세

보물창고는 (주)푸른책들의 유아, 어린이, 청소년, 문학 도서 임프린트입니다.

Hermann Hesse

헤르만 헤세 시집

헤르만 헤세 지음 | 이옥용 옮김

Blumen (1922)

보물창고

|제3부|
여름의 절정

제1부
안개 속에서

Dorfmitte (1921)

둘 다 내게는 한가지

청춘 내내
난 쾌락을 좇았다.
그러고 나면 잔뜩 우울한 마음으로
번민과 고통에 잠겼다.

고통과 쾌락은 이젠
형제자매처럼 친밀해져 내 안에 스며들었다.
그 둘은 즐거움을 주든, 고통을 주든
하나로 뒤얽혀 버렸다.

신이 나를 마구 고함지르는 지옥으로 인도하든
태양의 나라로 인도하든
내게는 둘 다 한가지다.
신의 손길이 느껴지기만 한다면.

꽃핀 잔가지

꽃핀 잔가지, 바람에
끊임없이 이리저리 흔들린다.
내 심장은 아이처럼
끊임없이 오르락내리락 흔들린다.
맑은 날과 흐린 날 사이에서,
소망과 체념 사이에서.

꽃잎이 모두 바람에 흩날리고
잔가지에 열매 맺힐 때까지,
유년기에 질린 가슴이
휴식 취하고
이렇게 고백할 때까지.
부산한 인생 놀이는
지극히 만족스러웠고 헛되지 않았다고.

Rotes Haus im Weinberg (1922)

혼자

땅 위에는
수많은 도로와 길이 나 있다.
하지만 모든 사람들은
목적지가 같다.

너는 말도, 차도 탈 수 있다.
둘이서도, 셋이서도 갈 수 있다.
허나 마지막 걸음은 혼자 내딛어야 한다.

때문에 어떤 지식도
어떤 능력도
홀로 모든 역경을 헤쳐 나가는 것만큼
유익하지는 않다.

파랑 나비

작은 파랑 나비
바람에 팔랑 날아산다.
진주조개빛 전율이 반짝이며
파르르 떨다가 사라진다.
그처럼 한순간 반짝이며
그처럼 바람처럼 스쳐 지나가며
행복이 내게 눈짓하고 반짝이며
파르르 떨다가 사라져 버리는 것을
난 보았다.

봄의 말

아이들은 봄이 무슨 말을 하는지 알지.
살아, 자라라, 꽃 피워, 희망을 가져, 사랑해,
기뻐해, 새싹을 틔워,
몰두해. 그리고 삶을 두려워하지 마.
파파 늙은이들도 봄이 무슨 말을 하는지 알지.
늙은이여, 네 몸을 땅속에 묻어.
활기찬 소년들에게 자리를 양보해.
몰두해. 죽음을 두려워하지 마.

책들

이 세상 책들은 어떤 깃이든
네게 행복을 안겨 주지 못한다.
하지만 책들은 은밀하게
너를 네 자신 속으로 데려다 준다.

거기엔 네가 필요로 하는 게 다 있다.
해와 별과 달이.
네가 묻던 빛은
네 안에 살고 있기 때문이다.

작은 도서관에서 네가
오랫동안 찾던 지혜는 이제
모든 페이지에서 빛을 뿜고 있다.
이제 지혜는 네 것이기에.

Stuhl mit Büchern (1921)

어머니에게

말씀드릴 게 참으로 많았었어요.
전 너무나 오랫동안 외국에 머물렀지요.
하지만 한결같이 제 마음을 가장 잘
헤아려 주신 분은 어머니셨지요.

오래전부터 어머니께 바치려고 맘먹었던
제 첫 번째 선물을 아이들처럼 겁먹은 듯한
두 손으로 들고 있는 지금,
어머니는 눈을 감고 계시네요.

하지만 독서를 할 때처럼 놀랍게도
고통이 씻겨 내리는 듯한 기분이 듭니다.
그건 바로 한없이 온화하신 어머니 마음씨가
수천 가닥의 실로 저를 감싸고 있기 때문이지요.

구르는 낙엽

마른 잎 하나
내 앞에서 바람에 팔랑 날아간다.
방황도 젊음도 사랑도
모두 때가 있고 끝이 있다.

잎은 궤도도 없이 헤맨다.
바람 부는 대로 이끌려 가다가
숲 속 진창에서 비로소 움직이지 않는다.
내 여행 목적지는 어딜까?

사랑하는 이에게

Ⅰ
그대 무거운 머리, 내 어깨에 얹어요.
아무 말도 하지 말아요.
눈물 한 방울 한 방울의 고통 어린 달콤함을 맛보고
그 나머지 것들은 모두 내버려 둬요.

그대가 애타는 마음으로 전전긍긍하며
그 눈물, 헛되이 그리워하는
날들이 올 거예요.

Ⅱ
내 머리 위에 손 얹어요.
내 머리는 무거워요.
내 청춘은 그대가
송두리째 앗아 갔지요.

그토록 무한히 아름답게 보이던
청춘의 광채와 기쁨의 샘은 사라져 버렸어요.
고통과 분노만 남았지요.

밤들, 끝없는 밤들만 남았지요.
사랑의 오래된 환희 한 무더기가
미친 듯이 날뛰면서 열에 들뜨는 밤들만요.
내 백일몽이 고통스러워하며 도망가네요.

드물게 쉬는 시간에만
내 청춘은 이따금씩 내게 다가오지요.
수줍어하고 창백한 손님처럼요.
그리고 신음하지요. 그리고 내 가슴을 무겁게 내리누르지
요…….

내 머리 위에 손 얹어요.
내 머리는 무거워요.
내 청춘은 그대가
송두리째 앗아 갔지요.

북쪽 나라에서

내가 꿈꾸는 걸 말해 보라고?
고요한 햇살에 반짝이는 여러 언덕엔
어둔 나무들이 있는 작은 숲,
노란 바위들, 하얀 별장들이 있지.

골짜기 안엔 도시 하나 있지.
하얀 대리석 교회들이 있는 한 도시가
나를 향해 반짝거리지.
그 도시 이름은 피렌체라네.

그리고 좁다란 골목들에 빙 둘러싸인
오래된 어느 정원에서는
분명 행복이 여전히 날 기다리고 있을 거야.
내가 두고 온 행복이.

기도

당신 얼굴 앞에 설 때면 회상합니다.
당신이 저를 홀로 내버려 뒀던 것을.
또 제가 이 골목 저 골목 헤매며
고통 속에서 고아처럼 절망했던 것도요.

칠흑 같던 밤들도 회상합니다.
곤혹스럽고, 짙은 향수병에 시달리던 밤들을요.
또 제가 아이처럼 당신 손을 간절히 바랐건만
당신이 오른손을 내밀지 않았던 밤들을요.

또 그 시절도 회상합니다.
어릴 적 날마다 당신에게로 돌아가던 그 시절을요.
그리고 제게 기도하는 법을 가르쳐 준 내 어머니도 회상합니다.
당신보다 훨씬 더 감사드려야 하는 내 어머니를요.

여행 기술

목적지 없이 도보 여행 하는 건 젊은이들의 기쁨이다.
청춘과 더불어 그 기쁨은 사그라졌다.
그 뒤로 난 목적지나 의지가 느껴지면
그곳에서 벗어났다.

하지만 목적지만 좇는 시선은
도보 여행의 달콤함을 맛보지 못한다.
숲과 강과 모든 여행길에서 기다리고 있는
온갖 장관도 눈에 들어오지 않는다.

나, 이제 도보 여행 하는 법을 계속 배워야 한다.
순간의 순수한 빛이
그토록 갈망하던 별들 앞에서 퇴색하지 않게 하기 위해서.

여행 기술은 바로 이런 것이다.
이 세상 곳곳으로 함께 도망가고
휴식할 때도 가고 싶은, 먼 곳을 향해 길 떠나는 것.

아름다운 그녀

장난감 선물을 받은 아이는
그걸 살펴보고 끌어안고 박살내고
다음 날엔 선물한 사람 생각 같은 건 이미 안 하지.
그처럼 넌 내가 준 마음을
자질구레한 예쁜 물건인 양
작은 손으로 만지작거리지.
내 심장이 움찔 괴로워하는 건
보지도 않지.

늦가을 산책

가을비가 황량한 숲 속을 마구 헤집어 놓았다.
골짜기는 차디찬 아침 바람에 몸서리친다.
밤나무에서 아람*이 우박처럼 떨어진다.
그리고 아가리를 쩍쩍 벌리고는 축축한 갈색 웃음을 터트린다.

가을은 내 삶을 마구 헤집어 놓았다.
바람은 갈가리 찢긴 잎들을 힘껏 잡아끌고
굵은 가지를 하나하나 뒤흔든다. 열매는 어디에 있을까?

난 사랑을 꽃피웠다. 그 열매는 고통이었다.
난 믿음을 꽃피웠다. 그 열매는 증오였다.
바람은 바싹 마른 내 굵은 가지들을 잡아챈다.
난 바람을 비웃는다. 난 아직도 폭풍에 저항한다.

내게 열매는 무엇일까? 내게 목표는 무엇일까? 나는 꽃피었다.
꽃피는 것이 내 목표였다. 이제 난 시들고 있다.
시드는 것은 내 목표다. 다른 목표는 없다.

가슴속에 품는 목표들은 그 수명이 짧다.

신이 내 안에서 살고 있다. 신은 내 안에서 죽는다.

신은 내 가슴속에서 괴로워한다. 내겐 그것만으로도 목표
가 충분하다.

길이든 길이 아니든, 꽃이든 열매든

모두 다 하나다. 모든 건 한낱 이름일 뿐.

차디찬 아침 바람에 골짜기가 몸서리친다.

밤나무에서 알밤이 우박처럼 떨어진다.

그리고 또렷하고 낭랑한 목소리로 웃는다. 나도 따라 웃는다.

*밤이나 상수리 따위가 충분히 익어 저절로 떨어질 정도가 된 상태. 또
는 그런 열매.

그 어딘가에

미칠 듯이 삶의 황무지를 헤맨다.
그리고 내 무거운 짐에 시달린다.
하지만 거의 잊힌 어딘가에
꽃 만발하고 그늘진 서늘한 정원들, 있는 걸 난 안다.

하지만 꿈속 아득히 먼 곳 어딘가에
한 보금자리 기다리고 있는 걸 난 안다.
그곳에서 영혼은 다시금 고향을 갖게 된다.
가볍고 부드러운 잠이, 밤과 별들이 기다리고 있는 걸 난
안다.

Albogasio (1925)

시든 잎

모든 꽃은 열매가 되려 하고
모든 아침은 저녁이 되려 하네.
지상에 영원한 것은
변화와 도주뿐.

지극히 아름다운 여름도
언젠가는 가을과 시듦을 느끼려 하네.
이파리야, 바람이 널 납치하려고 하면
끈기 있게 가만히 있으렴.

네 식대로 놀고 저항하지 마.
그저 가만히 내버려 둬.
널 꺾는 바람 타고 집으로 날아가렴.

취소

사랑한단 말 난 안 했어.
악수하자고만,
곁에 있게 해 달라고만 했지.

넌 나랑 비슷한 줄 알았어.
나처럼 아주 젊고 착한 줄 알았지…….
사랑한단 말 난 안 했어.

Berge im Frühling (1926)

흰 구름

아, 보라.
흰 구름들은 아름답지만 잊힌
고요한 노랫가락들처럼
푸른 하늘에서 또다시 흘러가는구나!

기나긴 여행을 하면서
방황의 온갖 괴로움과 기쁨을
알지 못한 자는
흰 구름을 이해하지 못하지.

난 흰 구름을 사랑한다.
해, 바다, 바람같이 메인 데 없이 자유로운 구름들을.
그건 바로 구름이 고향 없는 자들의
자매이자 천사이기 때문에.

난 여인들을 사랑하네

천 년 전 시인들이 사랑하고 노래했던
여인들을 난 사랑하네.

옛 왕족들의 죽음을 슬퍼하는 황폐한 성벽들이 있는
도시를 난 사랑하네.

지금 살아 있는 사람들이 모두 죽고 없을 때
되살아나는 도시들을 난 사랑하네.

세월의 품속에서 태어나지 않은 채 잠자고 있는
날씬하고 지극히 아름다운 여인들을 난 사랑하네.

별빛처럼 창백한 아름다움 지닌 그 여인들은
언젠가 내 꿈들의 아름다움과 같아질 거야.

예술가

격정에 사로잡혔던 수년 간 내가 열정적으로 만들어 낸 것이
소란스런 장터에 아무렇지도 않게 턱 전시되어 있다.
마냥 즐거운 세상 사람들은 그냥 쓱 지나간다.
소리 내어 웃고 모든 걸 칭찬하고 훌륭하다고 여긴다.

세상이 웃으며 내 머리에 씌워 준 이 요란한 월계관이
내 삶의 에너지와 광채를 급히 먹어 치웠다는 것을,
아, 그리고 희생은 헛된 것이었다는 것을
아는 자는 아무도 없구나.

너 없이는

밤이 되면 내 베개는
묘표*처럼 텅 빈 눈으로 날 응시한다.
홀로 있는 게,
네 머리칼 속에서 잠들지 않는 게
이토록 괴로울 줄은 정말 몰랐다.

난 조용한 집에 홀로 누워 있다.
현등을 껐다.
그리고 네 두 손을 감싸 쥐려고
두 손을 살며시 쭉 뻗는다.
뜨거운 입술을 가만히 네게 갖다 대고
기진맥진한 상태로 괴로워하며 입을 맞춘다.
그러다가 불현듯 잠에서 깨어났다.
주위엔 차가운 밤이 침묵하고 있다.
창가의 별이 초롱초롱 반짝거린다.
아, 너, 네 금발머리는 어디에 있는지,
네 달콤한 입은 어디에 있는지?

이제 난 모든 쾌락에서 고통을 마시고

모든 포도주에서 독을 마신다.
홀로 있는 게,
너 없이 홀로 있는 게
이토록 괴로울 줄은 정말 몰랐다!

*묘비 따위와 같이 무덤 앞에 세우는 표시물.

Stilleben bei Nacht (1935)

사랑하는 남자

포근한 밤, 지금 네 남자 친구는 잠들지 않고 누워 있어.
아직도 네 온기로 따스하고, 네 향기 가득 풍기는구나.
네 눈빛과 머리칼과 입맞춤이 그대로 느껴져.
아, 한밤중이여, 아, 달과 별과 안개 낀 푸른 대기여!
애인이여, 내 꿈은 네 안으로 들어간다.
바다 속으로, 산 속으로, 바위 틈새로 들어가듯이 깊게,
그리고 부서지는 파도에 흩뿌려져 포말로 흩날리고 있어.
태양과 뿌리와 짐승이
오로지 네 곁에,
네 곁에 가까이 있기 위해 존재하지.
멀리서 토성이 돌고 달도 돌아. 난 그것들을 보지 않아.
난 오로지 꽃의 창백한 모습에서 네 얼굴을 봐.
조용히 웃고 한껏 취해 울어.
이젠 행복도 고통도 더는 없어.
너 하나만, 오로지 너와 나만
우주 깊은 곳으로, 깊은 바다 속으로 가라앉지.
그 안으로 우리는 사라져 버리는 거야.
그 안에서 우리는 죽지. 그리고 새로 태어나지.

플루트 연주

밤, 덤불과 나무 사이, 집 한 채
한 창가에 희미하게 빛이 비쳤다.
보이지 않는 그 방에서
누군가 서서 플루트를 불었다.

오래전부터 널리 알려진 선율이었다.
그 노래는 밤 속으로 무척이나 온화하게 흘러들었다.
마치 모든 지역이 고향인 것처럼,
마치 모든 길이 완성된 것처럼.

세계의 비밀스런 의미가
그 연주자의 숨결 속에서 드러났다.
그러자 심장은 기꺼이 스스로를 내주었다.
그리고 모든 시간은 현재가 되었다.

나비

크나큰 슬픔에 잠겨 있었다.
들판을 가로질러 가다가
나비 한 마리를 보았다.
새하얗고 어둔 빨간색 나비를.
나비는 푸른 바람에 나풀거렸다.

아, 너!
어릴 적 세계가 아직 그토록 아침처럼 맑고
하늘이 아직 그토록 가까이 있던 내 어린 시절,
난 네가 아름다운 날개를 펴는 걸
마지막으로 보았었지.

너, 산들산들 하늘하늘 팔랑이는구나.
낙원에서 내게로 왔구나.
네 오묘한 천상의 광채 앞에서
난 애써 담담한 척하는 눈빛으로 한없이 머쓱해 하며
온통 수치심이 가득한 채 서 있을 수밖에 없구나!

희고 붉은 나비는

바람에 실려 들판으로 홀홀 날아갔다.
꿈꾸듯 계속 걸음을 옮기자,
낙원에서 온 고요하고 찬란한 빛 한 줄기,
내게 남아 있었다.

라벤나*

Ⅰ

난 라벤나에도 갔었다.
라벤나는 죽은 작은 도시.
교회들과 수많은 폐허가 있다.
책에도 그런 내용이 나온다.

넌 도시를 가로질러 가며 주위를 돌아본다.
거리는 무척 우중충하고 축축하다.
길거리들은 그렇게 천 년 동안 말이 없고
도처에 이끼와 풀이 자라고 있다.

라벤나는 옛 노래 같다.
모두들 귀 기울이지만 웃지는 않는다.
그리고 모두들 귀 기울이고
밤늦게까지 곰곰 생각한다.

Ⅱ

라벤나 여인들은
깊은 시선과 세련된 몸짓으로

옛 도시와 그곳 축제들에 대한 지식을
가슴속에 품고 있다.

라벤나 여인들은
말 없는 아이들처럼 애절하게 나직이 운다.
그 여인들이 소리 내 웃으면
슬픈 가사에 밝은 가락 깃드는 듯하다.

라벤나 여인들은 아이들처럼
다소곳하게 마냥 즐거운 마음으로 기도한다.
그 여인들은 사랑의 말을 하지만
자신들이 거짓말을 하는지는 까맣게 모른다.

라벤나 여인들은
묘하게, 그리고 열렬하게 마음을 다해 입을 맞춘다.
인생에 대해서는 우리가 죽는다는 사실 외에는
아무것도 모른다.

*이탈리아 북부, 아드리아 해안에 있는 고대 도시. 5세기 초 서로마 황
제의 거주지였고, 그 후로도 동고트 왕국의 수도·비잔틴 제국의 총독
부 소재지 및 동서 무역의 교류지로 번영하였다.

Waschtag (1926)

가을

수풀 속 새들아,
너희 노랫소리는 누렇게 물드는 숲을 따라
참으로 파닥거리는구나.
새들아, 어서 서두르렴!

곧 바람이 다가와 불 거야.
곧 죽음이 다가와 수확할 거야.
곧 잿빛 유령이 다가와 소리 내 웃을 거야.
우리 심장을 얼어붙게 할 셈이지.
뜰에게 그동안의 화려함을 모두 잃게 할 셈이지.
생명에게 그 모든 찬란한 빛을 잃게 할 셈이지.

이파리 속, 귀여운 새들아,
사랑스런 동생들아,
우리, 노래하고 즐거워하자.
곧 우리, 먼지가 된단다.

소멸

나, 아이들이 노는 모습 보면서도
그 놀이가 더는 이해되지 않고
아이들 웃음소리가 낯설고 바보같이 들린다면
아, 그건 까마득히 멀리 있는 줄만 알았던
사악한 적 때문.
그건 더는 잦아들지 않는 하나의 경고.

나, 한 쌍의 연인 보면서도
낙원에 대한 동경 없이
흡족한 마음으로 걸어간다면
아, 그건 청춘에게 영원을 주기로 약속한,
가슴속 깊은 곳에서 시 짓는 일을 조용히 포기하는 것이다.

나, 험한 소리 듣고도
더는 불같이 화내지 않고
아무것도 듣지 못한 양 태연한 척하면
아, 가슴속에서는
조용히, 고통 없이 움찔거린다.
그리고 성스러운 빛이 꺼진다.

위안

지금껏 살아온 기나긴 세월은 갔다.
그 세월은 아무런 의미도 지니지 않았다.
내가 간직하고 있는 건 하나도 없고
즐겁고 재미있는 것도 없다.

세월의 흐름은 내 가까이로
수많은 형상들을 데굴데굴 굴려 갖다 주었다.
어떤 형상도 난 소유할 수 없었고
어떤 형상도 날 좋아하지 않았다.

하지만 그것들이 내 손에서 빠져나가든 말든
내 심장은 세월 저 너머에서
삶의 열정을 깊이 느낀다.
참으로 불가해한 일이다.

삶의 열정은 의미도 목표도 없다.
가까이 있는 것도, 멀리 있는 것도 죄다 알고 있다.
그리고 놀고 있는 아이처럼
순간을 영원으로 만든다.

Dorfgasse (1927)

9월

뜰이 탄식한다.
차가운 빗물이 꽃들 속으로 가라앉는다.
여름은 자신의 최후를 향해
소리 없이 몸서리친다.

키 큰 아카시아나무에서
황금빛 잎이 하나둘 빗방울처럼 떨어진다.
여름은 놀라고도 지친 얼굴로
죽어 가고 있는 뜰을 바라보며 미소 짓는다.

여름은 여전히 오래도록 장미 곁에 서 있다.
그리고 휴식을 동경한다.
여름은 커다란, 지친 두 눈을
서서히 감는다.

행복

행복을 좇는 한
넌 행복에 이를 때가 되지 않았다.
가장 좋아하는 것들을 모두 갖고 있다 해도.

잃어버린 걸 안타까워하고
몇 가지 목표를 가진 채 안달하는 한
넌 평화가 무언지 아직은 모른다.

모든 소망을 체념하고
목표도 욕망도 더는 알지 못하고
더 이상 행복을 여러 이름으로 부르지 않는다면

비로소 수많은 사건들이 더는 네 심장에 이르지 않는다.
그리고 네 영혼은 쉴 것이다.

형제와도 같은 죽음

언젠가 너, 내게도 오겠지.
날 잊지 않았으니까.
그럼 고통은 끝나겠구나.
사슬도 끊어지고.

사랑스러운 형제 같은 죽음이여,
넌 아직도 낯설고 먼 데 있는 것만 같다.
넌 차가운 별처럼
내 곤경 위에 떠 있구나.

하지만 언젠가 넌 가까이 오겠지.
이글이글 불타오르겠지.
연인이여, 내게 오렴.
나 여기 있으니 데려가렴. 난 네 것이다.

애인에게

내 나무에서 또 한 잎 떨어지네.
내 꽃늘에서 또 한 꽃 시드네.
삶의 혼돈스런 꿈이 흐릿한 빛 뿜으며
기이한 표정으로 내게 인사하네.

주위의 텅 빈 공허가 어둔 표정으로 날 응시하네.
하지만 하늘의 궁륭* 한가운데에서 별 하나,
밤이면 위로 가득한 목소리로 소리 내어 웃지.
별은 자신의 궤도를 가까이, 더 가까이 도네.

나의 밤을 달콤하게 만드는 맘씨 고운 별,
내 운명은 그 별을 가까이, 더 가까이 끌어당기네.
그대는 내 심장이 그대를 애타게 기다리며
소리 없는 노래로 인사를 건네는 게 느껴지는지?

보라, 내 눈빛은 아직도 고독으로 가득 차 있네.
그대를 향해 겨우 서서히 눈만 뜰 수 있을 뿐이지.
다시금 울고 다시금 웃고
그대와 운명을 믿을 뿐이지.

*한가운데가 제일 높고 사방 주위는 차차 낮아진 하늘 모양.

Frühling (1924)

사라져 버린 가락

어느 어린 시절,
초원 따라 걸었지.
아침 바람에 노랫소리 하나 살며시 실려 왔어.
푸르른 대기의 음향이든가
어떤 향기, 어떤 꽃향기였지.
달콤한 향내가 났어.
그 향기는 아주 오랫동안 울렸어.
내 어린 시절 내내.

난 그걸 더는 의식하지 않았어.
요즈음 비로소
내 가슴속에서
그 노랫소리 다시금 살며시 울리는 게 들려.
이제 이 세상은 다 한가지야.
행복한 사람들과 아무것도 바꾸지 않을 거야.
그저 귀만 기울일 거야.
그 향긋한 음향들이 어떻게 흘러가는지
귀 기울인 채 가만히 서 있을 거야.
그게 그 시절의 선율인 것처럼.

작별에 즈음하여

아, 기약 없이 작별을 고한다.
잘못된 고통스런 운명이 예감되는구나!
원래 모습 되찾을 수 없는 장미, 손안에서 향기로이 시든다.
그리고 조바심치는 심장은 졸음과 어둠을 찾는다.

하지만 별들은 자리 옮기지 못하고 하늘에 떠 있다.
내키지 않아도 우린 늘 별들을 따라간다.
우리네 운명은 빛 뚫고 어둠 뚫고 별들 쪽으로 굴러간다.
그리고 우린 기꺼이 별들에게 순종한다.

어느 여인에게

저는 사랑받을 가치가 없는 사람입니다.
그저 사랑을 향해 불타오를 뿐 어떻게 타오르는지는 모릅
니다.
저는 구름에서 내리꽂히는
번개요, 바람이요, 폭풍우요, 선율입니다.

그럼에도 전 사랑을 많이, 그리고 기꺼이 쟁취합니다.
쾌락도 취하고 희생도 감수합니다.
저는 낯선 인상을 풍기고 믿을 만하지도 않은 자라
가까이 있든 멀리 있든 눈물이 저와 동행합니다.

저는 제 가슴속 별에게만 한결같습니다.
그 별은 침몰을 향하고
모든 쾌락으로부터 고문을 만들어 냅니다.
그래도 저는 그 별을 사랑하고 찬미합니다.

저는 하멜른의 유괴자*요, 유혹자임에 틀림없습니다.
금방 사라지고 말 고통스러운 쾌락을 뿌리고,
그대들에게 아이가 되라고, 동물이 되라고 가르칩니다.

제 주인이자 안내자는 죽음입니다.

*중세 독일의 도시 하멜른에서 전해 내려오는 전설을 바탕으로 독일의 그림 형제가 동화로 재구성한 「하멜른의 피리 부는 사나이」의 주인공을 뜻한다. 유괴자나 유혹자를 비유적으로 의미한다.

Haus bei Nacht (1938)

잠자리에 들며

오늘 하루, 너무 지쳤다.
내 강렬한 욕망은
지친 아이를 맞이하듯
별들이 총총 뜬 밤을 맞이해야 한다.

두 손아, 하던 일을 모두 멈추어라.
이마야, 생각들일랑 모두 잊어라.
이제 네 모든 감각은 깜빡 잠이 들면서
모두 내려앉으려고 한다.

그리고 영혼은 그 누구의 감시도 받지 않고
자유로운 날개 달고 하늘하늘 떠다니려고 한다.
밤의 마법원에서 열정적으로, 수천 배로 살기 위해서.

안개 속에서

안개 속을 거니노라면 묘한 기분 들지!
모든 덤불, 모든 돌은 고독하지.
어떤 나무도 다른 나무를 보지 않아.
나무들은 모두 혼자라네.

내 삶이 기쁨으로 넘쳤을 때는
온 세상에 친구가 넘쳐 났건만
안개가 내리는 지금은
한 명도 보이지 않네.

어둠을,
모든 이들로부터 가만히,
그리고 기어이 떼어 놓는 어둠을
모르는 자는 정녕코 현명하지 않지.

안개 속을 거니노라면 묘한 기분 들지!
삶이란 고독한 것.
아무도 다른 이를 알지 못하지.
사람들은 모두 혼자라네.

제2부
작은 노래책과 함께

Palme am See, oval (1921)

꿈

꿈은 매번 똑같다.
붉은 꽃이 만발한 밤나무 한 그루,
여름 꽃이 가득 피어 있는 뜰,
그 앞에 호젓이 자리 잡고 있는 낡은 집.

고요한 뜰이 있는 그곳에서 어머니는
내가 누워 있는 요람을 살살 흔드셨을 것이다.
뜰과 집과 나무는 이젠 없을 것이다.
이미 오래 전에 없어졌을 것이다.

지금은 그 위로 풀밭 길 나 있고
쟁기와 써레가 지나갈 것이다.
고향과 뜰과 집과 나무는
내 꿈속에만 남아 있다.

고요한 구름

가느다란 하얀
보드랍고 고요한
구름 하나 창공에 흘러가네.
시선 낮추고 느끼렴.
그 구름이 네 푸른 꿈들 속에서
지극히 행복한 모습으로 흘러가는 것을.

Januar im Tessin (1933)

두 골짜기에서

아스라이 먼 골짜기에서
종소리 울리네.
무덤이 새로 생겼다는
종소리지.

다른 골짜기에서는
류트 선율이
바람에 실려 오네.

하지만 그 소리들, 내겐 달리 들리네.
노래와 죽음을 알리는 종소리는
방랑자에게는
아주 적합한 화음으로 어우러지는구나.

그 두 소리가 귓가에 들리는 자,
나 말고 누가 또 있을까?
정말 궁금하구나.

나의 고뇌

알록달록 색칠한 가면을 너무 많이 쓰고
너무니도 능숙하게 연기하듯 하고
내 자신과 남들을 너무나도 잘
속이는 것을 배웠다는 것,
그것이 나의 고뇌이다.
불쑥 드는 어떤 소소한 느낌도,
유희와 의도가 깃들어 있지 않은,
어떤 선율의 감동도
내 안에선 섬광처럼 빛나지 않는다.

매번 맥박이 뛸 것을 예감하면서
내 자신의 가장 내밀한 곳을 아는 것,
어떤 꿈이 무의식적으로 경고해도
어떤 쾌락과 고통을 예감해도
내 영혼을 더는 건드리지 못한다는 것,
그런 걸 내 참담한 모습이라고 부를 밖에.

봄날

수풀 속에선 바람 소리, 새 소리,
높디높은, 마법처럼 파란 하늘에는
고요하고 의연한 구름배 한 척이…….

난 금발의 여인을 꿈꾼다.
내 유년 시절을 꿈꾼다.
푸르고 드넓고 드높은 하늘은
내 동경의 요람.
한없이 포근한 요람에서 난 고요히 생각에 잠긴 채
나직이 콧노래 흥얼거리며 누워 있다.
엄마 품에 안긴 아이처럼.

어느 날 밤 떠돌면서

밤새 산에서 내 쪽으로 도보 여행하듯
걸어온 길이 초원 가장자리를 지나
모습이 보이지 않는, 부드러운 나무 그림자들을 지나
오래된 도시의 열린 성문으로 날 데려다주었다.

기나긴 길을 가만가만 걸었다.
검은색 유리창에서 촛불 하나 비치는 곳도,
머물다 가라고 청하는 곳도 없었다.
모두들 잠들었고 어딜 가나 밤이었다.

들판을 한참 걷다가 기이한 모습으로 지어진 어둔 박공들이
한 줄로 늘어선 것을 비로소 다시금 뒤돌아보았다.
모두들 잠에 취해 형체를 구분할 수 없었다.
탑 높은 곳에 전등 하나 매달려 있는 게 보였다.

그런데 박공 위쪽 돌림띠*에 한 사람이 깨어 있었다.
그는 새끼줄에 매달려 흔들리는 초롱을 들고
앞으로 몸을 숙인 채 먼 곳을 바라보고 있었다.
그리고 거의 들리지 않는 내 발걸음을 바라보았다.

*기둥이나 벽 윗부분에 수평으로 둘러친 장식용 돌출부.

Haus bei Nacht (1938)

격언

너는 모든 사물에게
형제요 자매여야 한다.
사물들이 너를 가득 채우도록
내 것, 네 것을 구분할 수 없도록.

별 하나도, 잎 하나도 떨어져선 안 된다.
너는 별과, 잎과 함께 죽어야 한다!
또한 너는 모든 것들과 함께
매 시간마다 소생할 것이다.

편지

한 줄기 갈바람 분다.
보리수들이 끙끙 신음 소리를 낸다.
달은 굵은 나뭇가지들 사이로
내 방 안을 살며시 엿본다.

날 두고 떠난
내 귀여운 이에게
긴 편지를 썼다.
달이 편지를 비춘다.

한 줄 한 줄 위로 흐르는
고요한 달빛 보며
내 심장은 우느라
잠도, 달도, 밤 기도도 잊는다.

높은 산에 저녁 오면

한없이 행복한 날이었지요. 알프스가 붉게 타오르고 있네요.

이제 나, 그대에게 이 밝은 광활함을 보여 드리고 싶어요.

가만히 서서 오랫동안 그대와 함께 이 오묘한 환희 앞에서 침묵하고 싶어요.

아, 그대는 왜 이 세상을 떠났는지요!

골짜기들에서는 밤이 이마에 어둔 빛을 드리운 채 장엄하게 솟아올라

가만가만 움직이며 암벽과 알프스 위의 목장과 만년설을 없애 버리고 있네요.

난 구경하지요. 하지만 그대가 없다면 그게 다 무슨 소용이겠어요?

이제 주위엔 어둠과 고요가 깃들었어요.

내 마음도 어두워지고 슬퍼지네요.

곁에서 조용한 발자국 소리처럼 어떤 소리가 스칩니다.

"나야! 애, 나야! 벌써 날 못 알아보는 거야?

환한 대낮엔 혼자 신나게 놀렴!

하지만 별 하나 뜨지 않는 밤 오면,

그래서 네 마음이 어두워지고 두려움이 일면서
어머니 생각이 간절해지면 어김없이 네 가까이 올게."

Castello (1925)

그는 어둠 속을 걸었다

그는 어둠 속을 걷는 걸 좋아했다.

짙은 나무들의 첩첩 쌓인 그림자가 그의 꿈들을 다독여 주었다.

그런데도 그의 가슴속은 터질 듯이 괴로웠다.

빛! 빛! 그는 빛을 몹시도 갈망했다.

그는 머리 위에 해맑은 은빛 별들이 가득한

투명한 하늘이 있다는 걸 몰랐다.

여름밤

아, 어둠 속에 타오르는 여름밤이여!
포근한 뜰에서는 바이올린들이 유혹하고
조명탄 몇 개가 부드럽고 우아한 곡선을 그리며 피어오른다.
함께 춤추는 여인이 까르르 웃는다.

나는 살그머니 빠져 나온다.
꽃이 활짝 핀 잔가지들은 희미하게 빛난다.
아, 쾌락이란 이토록 빨리 끝나고
오로지 욕망만이 끊임없이 타오르는구나.

내 청춘의 찬란한 여름밤 축제들이여,
너희는 어디로 사라져 버렸느냐?
비록 흥겨워하나 춤곡은 모두 다
아주 쌀쌀맞게 미끄러져 빠져나간다. 최상의 것은 없다.

아, 어둠 속에 타오르는 여름밤이여,
한 번 더 꿈들이 가득 찬, 쾌락의 잔을 남김없이 비우게 하라.
만족감에 마침내 내가 잠잠해지도록!

작은 노래책과 함께

너, 이제 몸 굽히고
옷깃 장식을 꾸는구나.
이제 내 노래들은
네 비단 무릎에 놓여 있다.

이제 지난날의
실패와 결점들이
네 영혼 앞에 나타난다.
그러나 난 이미 긴 여행길에 오른다.

Interieur mit Büchern (1921)

로자 부인

이마에 환한 빛을 드리운 당신,
이루 말할 수 없이 아름다운 갈색 눈과
비단 명주 같은 머리칼을 가진 당신,
저는 당신을 압니다!
하지만 당신은 저를 모릅니다.

얼굴이 해맑은 당신,
사랑스런 목소리로 외국 노래 나직나직 부르는 섬세한 당신,
저는 당신을 사랑합니다!
하지만 당신은 저를 모릅니다.

8월

가장 아름다운 여름날이었다.
이제 여름은 고즈넉한 집 앞,
안개와 달콤한 새소리 속에서 조용히 끝나고 있다.
두 번 다시 돌아오지 않을 것이다.

이 순간, 여름은 황금빛 샘물이 가득 찬
자신의 뿔잔을 눈부시도록 붉은 노을 속에
차고 넘치도록 쏟아붓는다.
그리고 자신의 마지막 밤을 찬미한다.

밤

촛불을 껐다.
열린 창으로 밤이 밀려온다.
나를 살포시 안더니
자기 친구로, 형제로 만든다.

우리 둘은 똑같은 향수병에 시달린다.
우린 불길한 예감이 드는 꿈들을 모두 내보내고
지난 시절을 속삭인다.
우리 아버지 집에서 보낸 시절을.

여름날 저녁

낮으로 곡식 베던 농부, 일손 멈추고 노래한다.
다 자란 토끼풀은 향기를 뿜어낸다.
아, 너, 너는 내 오랜 괴로움이 다시금 깨어나
노래하게 하는구나!

민요와 동요가 나직한 음조로 노래하다가
저녁 바람과 하나 되어 사라져 버린다.
상처 아물고 잊힌 온갖 괴로움이
또다시 날 괴롭힌다.

늦저녁 구름들이 두둥실 떠간다.
대지는 따스한 숨결을 멀리멀리 내뿜고…….
잃어버린 유년기여,
넌 오늘도 내게서 무얼 원하는가?

늦은 시간 거리에서

비에 젖은 도로 포장석을
가로등이 밤새 비추고 있다.
이 늦은 시간에 깨어 있는 건
고난과 악덕뿐.

나, 깨어 있는 너희에게 인사를 건넨다.
고난과 고통 속에 누워 있는 너희에게,
왁자지껄 떠들고 하하 웃고 있는 너희에게,
모두 다 내 형제들인 너희에게.

재회

태양이 이미 모습을 감춘 채
희끄무레한 산들 너머로 뉘엿뉘엿 기울고
길과 벤치가 낙엽으로 덮인 노란 공원에
찬바람 휘몰아치던 때,
난 너를, 넌 나를 보았다.
넌 조용히 네 검은 말을 타고 갔다.
낙엽이 우수수 떨어지는 속에서 바람 가르며
조용히, 위풍당당하게 말 타고 성으로 갔다.

그야말로 슬픈 재회였다.
넌 창백한 얼굴로 말을 타고 서서히 떠났다.
난 높다란 울타리에 기댄 채 하염없이 서 있었다.
날이 저물었다. 하지만 너도 나도 아무 말이 없었다.

Wendeltreppe zum Türmchen der Casa Camuzzi
(1926)

그 순간

아직은 시간이 있었지. 난 떠나갈 수 있었어.
그럼 아무 일도 일어나지 않았을 텐데.
모든 게 순수하고 명료했을 텐데.
그날 이전처럼!

어쩔 수 없었지. 그 순간이 온 거야.
짧고도 조마조마한 그 순간이.
그 순간은 역시나 성급한 걸음걸이로 가져가 버렸지.
젊은 날의 모든 찬란한 빛을.

비 내리는 나날

겁먹은 눈길로 어느 곳을 보든
벽들은 모두 잿빛이다.
"태양"은 공허한 단어일 뿐.
나무들은 벌거벗은 채 젖어 꽁꽁 얼어붙는다.
여자들은 외투를 두르고 걸어간다.
비는 끝없이 주룩주룩 내린다.

어릴 적 하늘은
언제나 파랗고 투명했었다.
그리고 구름은 모두 황금빛 테를 두르고 있었다.
이제 나이 드니
찬란한 빛은 모두 사라져 버렸다.
비는 주룩주룩 내리고 세상은 변했다.

맨 먼저 핀 꽃

요 며칠 새
시냇가엔
붉은 버들개지에 이어
수많은 노란 꽃들이
황금빛 눈을 떴다.
오래전 순진무구함을 잃어버린
내 마음 깊은 곳에서
삶의 황금빛 아침에 대한
추억이 꿈틀거린다.
그리고 순진무구한 꽃눈으로 날 응시한다.

꽃을 꺾으러 다가가고 싶었다.
하지만 그대로 두었다.
그리고 한 늙은 남자는 집으로 돌아간다.

알프스의 좁은 길

수많은 골짜기 떠돌다가 이곳에 왔다.
특별히 가고픈 목적지는 없다.

아스라이 먼 알프스 언저리에 내 유년기를 보낸 나라,
이탈리아가 내려다 보인다.

그리고 북쪽에서는 손수 내 집을 지었던
서늘한 나라가 날 바라보고 있다.

왠지 모를 묘한 고통 느끼며
남쪽, 내 유년의 뜰을 조용히 바라본다.

그리고 모자를 흔들어 북쪽 나라에 인사를 건넨다.
이제 나, 그곳에서 더는 떠돌지 않는다.

가슴속이 뜨거워진다.
아, 내 고향은 저곳도 이곳도 아니구나!

Im Gebirge (1917)

축제가 끝난 뒤

진수성찬이 차려진 식탁에서 포도주가 흘러내리고
모든 촛불이 흐릿하게 가물거린다.
난 또다시 혼자가 되었다.
축제는 또다시 끝났다.

슬픔에 잠긴 나는 적막해진 방들의
불을 하나하나 끈다.
뜰의 바람만이 잔뜩 겁에 질린 채
짙은 나무들과 말한다.

아, 지친 두 눈을 감는
이 위안거리가 없었다면…!
언젠가 난 두 번 다시 눈을 뜨고 싶지 않다.

고즈넉한 밤

내 형제인 그대들,

가까이, 그리고 멀리 있는 가련한 이들,

별들의 영역에서 자신들의 고통이 위로 받기를 꿈꾸는 그
대들,

흐릿한 별들이 떠 있는 밤, 그 어둠 속으로

마른 손으로 ―묵묵히 견뎌 내는 자들의 손이지.― 말없이

깍지를 끼고 있는 그대들,

괴로워하는 너희들, 잠들지 않고 깨어 있는 그대들,

방황하는 가련한 동우회여,

별도 행운도 없는 뱃사공들이여,

낯설지만 나와 하나가 된 이들이여,

내 인사에 답해 다오!

어린 시절

머나먼 골짜기,
넌 마법에 걸려 가라앉았지.
내가 힘들고 괴로워할 때
넌 때때로 네 그늘나라에서 쑥 나와 손짓했지.
그리고 이루 말할 수 없이 아름다운 눈을 떴지.
그럼 난 잠시 황홀경에 젖어
네게로 돌아가 넋을 놓았지.

아, 어둔 문이여,
아, 어둔 죽음의 시간이여,
내게로 오라.
나, 건강한 상태로
이 삶의 공허에서 빠져나와
귀향할 수 있도록!
내 꿈들에게로 돌아가도록!

신음하는 바람처럼

밤새 신음하는 바람처럼
너를 향한 갈망은 마구 휘몰아친다.
온갖 동경이 깨어난다.
아, 너, 나를 앓게 만든
너는 나에 대해 무얼 알까!
밤늦게까지 켜 놓은 불을 가만히 끈다.
몇 시간이나 잠 못 이룬 채 열에 들떠 있다.
밤은 네 얼굴을 하고 있다.
사랑에 대해 말하는 바람은
영원히 못 잊을 네 웃음을 띠고 있다.

어린 시절의 뜰

내 어린 시절은 뜰의 나라였다.
잔디밭에는 은빛 분수가 솟구쳤고
오래된 나무들의, 이루 말할 수 없이 아름다운 푸른 그림자는
당돌한 내 꿈들의 불 같은 열기를 식혀 주었다.

이제 난 갈증을 느끼며 무더운 길들을 간다.
내 어린 시절의 나라는 꼭꼭 닫혀 있다.
울타리 위 장미는 날 보며 고개를 까딱인다.
내 방랑을 비웃는구나.

내 서늘한 뜰의, 우듬지들 살랑이는 노랫소리가 점점 더
멀어지는 동안
난 온 마음을 다해 귀 기울여야 한다.
그 시절보다 훨씬 더 아름답게 울리는 노래 들어야 한다.

회복

오랫동안 내 눈은 피곤했고
두려울 정도로 이 도시 저 도시의 연기가 내 눈을 가렸다.
이제 난 전율하며 잠에서 깨어난다.
나무들은 일제히 향연을 베풀고, 정원들은 모두 꽃을 피운다.

어릴 적 봤던 것이 또다시 보인다.
아스라이 먼 곳에서
천사들이 하얀 날개를 펴는 것이,
신의 두 눈이 푸른빛으로 가까이 있는 것이.

냉혹한 사람들

너희 눈빛은 너무나도 냉혹하구나.
그 눈빛은 모든 것을 놀처럼 만들려고 하는구나.
그 눈빛에 꿈이라곤 눈곱만큼도 없구나.
온통 냉담한 현재뿐.

도대체 너희 마음속에는
햇살 한 줄기도 비치지 않는단 말인가?
너희는 어린 시절이 한번도 없었다는 사실에
눈물도 나지 않는가?

스크린셀러

영화로 제작되어 새롭게 사랑받는 원작 소설을 '스크린셀러'라고 한다. 스크린셀러는 그 품이 문화 콘텐츠로서 얼마나 큰 가치를 지니는지 보여 주는 척도이다. 영화 관람 전후 원작을 읽고 비교하면 작품을 보다 깊이 있게 이해하고 만끽할 수 있다.

12. 셜록 홈즈 걸작선

아서 코난 도일 지음 | 민예령 옮김

세기의 캐릭터와 함께 펼치는 짜릿한 두뇌 게임

추리의 대가이자 여러 장르를 통해 끊임없이 재탄되고 있는 불멸의 인물 셜록 홈즈, 그의 이야기에서도 특히 흥미진진한 8편의 작품을 수록했다. 밀한 구성과 개연성 있는 전개, 호기심을 자극하독특한 설정이 포진되어 있음은 물론이고, 추리과정부터 카타르시스가 느껴지는 결말까지 긴장넘치게 펼쳐져 있어 짜릿한 두뇌 게임을 하는 듯매력을 느낄 수 있다.

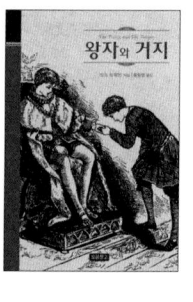

14. 왕자와 거지

마크 트웨인 지음 | 황윤영 옮김

'뒤바뀐 신분'이라는 숱한 드라마의 원조 소설

대중성과 작품성을 겸비해 '미국 현대 문학의 아지'로 평가받는 마크 트웨인의 대표작으로 신분다른 두 사람의 인생이 뒤바뀌는 발칙한 설정의 원조 격인 작품이다. 부조리하고 불합리한 사회상대한 날카로운 비판과 통쾌한 풍자를 녹여 내면서역사적 지식과 풍부한 상상력을 품고 있는 거대한서사의 매력을 한껏 누릴 수 있다.

2차 세계 대전 이후 기존 가치 체계의 붕괴로 허무와 절망 속에 고립된 인류는 삶에 대한 반성과 함께 인간의 실존적 모습에 주목했다. 이러한 철학적 논의와 함께 진정한 인간을 확립하고 자아를 발견하고자 하는 실존주의 문학 또한 꽃피우기 시작했다.

8. 변신

프란츠 카프카 지음 | 이옥용 옮김

현대인의 고독과 불안을 그린
20세기 실존주의 문학의 선구자

괴테와 셰익스피어 다음으로 가장 활발히 연구되고 있으며 20세기 세계 문학계에서 가장 난해한 '문제 작가'로 꼽히는 카프카의 대표작을 모았다. 카프카는 인간 운명의 부조리, 인간 존재의 불안을 통찰해 형상화함으로써 사르트르와 카뮈에 의해 실존주의 문학의 선구자로 높이 평가받았다.

★ 서울대 권장도서 100선　★ 연세대 필독도서 200선
★ 미국대학위원회 SAT 권장도서

18. 이방인

알베르 카뮈 지음 | 이효숙 옮김

부조리한 사회에서 소외된 인간을 그린
실존주의 문학의 상징

출간과 동시에 하나의 사회적 사건으로까지 이야기된 알베르 카뮈의 대표작. 부조리하고 기계적인 시스템 속에서 인간이 부딪치게 되는 절망적 상황을 짧고 거친 문장 속에 상징적으로 담아낸, 작품 자체가 '이방인'인 소설이다. 전 세계 100여 개의 언어로 번역되어 오늘날에도 수많은 독자들에게 부조리와 실존에 대한 통렬한 질문을 던지고 있다.

★ 노벨 문학상 수상작가　★ 노벨연구소 선정 세계문학 100선

단편소설의 진수 I

짧은 분량 안에 단순하면서도 치밀한 서사 구조, 간결한 문체, 생생한 캐릭터, 함축된
를 담음으로써 삶의 희로애락과 인간의 심리를 밀도 있게 형상화하는 것이 단편소설으
미이다.

11. 오 헨리 단편선

오 헨리 지음 | 전하림 옮김

인도주의적 가치관 위에 부조된 작가적 개성의 특출

평범한 소시민의 일상과 삶의 애환을 따뜻한 시선
로 그린 세계적인 단편작가 오 헨리는 미국 단편
학의 황금기를 이끌었다. 대표작 「마지막 잎새」,
리스마스 선물」 등 당시 사회상을 생생하게 반영
작품들은 탄탄한 플롯과 독특한 필체, 가슴 따뜻
유머와 허를 찌르는 반전 등 그만의 스타일과 어
러져 파급력을 갖게 되었다. 오 헨리의 작품은 앞
너새니얼 호손이나 에드거 앨런 포 단편문학의 겨
를 잇고, F. 스콧 피츠제럴드나 어니스트 헤밍위
등의 작가들에게 영향을 주었다.

22. 너새니얼 호손 단편선

너새니얼 호손 지음 | 한지윤 옮김

미국 단편소설의 개척자이자 낭만주의 문학의 거장

너새니얼 호손은 에드거 앨런 포, 허먼 멜빌과
불어 미국 낭만주의 문학의 3대 거장으로 꼽힌ㄷ
미국 문학의 전통을 세우고 단편소설을 개척한
손은 인간의 어두운 영혼, 인류와 죄의 문제를
요하게 파헤치며 독창적인 작품들을 써 나갔다.
년간 우리나라 교과서에 실리기도 했던 「큰 바위
굴」을 비롯해 호손 문학의 대표 단편소설 11편을
해 초창기 미국 단편소설의 전통을 맛볼 수 있다.

장소설 바이블

기에서 소년기를 거쳐 성인으로 성장하는 한 인물이 겪는 다채로운 경험, 정신적 성
세계에 대한 각성을 다룬 성장소설은 그것을 읽는 것 자체가 일종의 통과의례이다. 세
불문하고 전 세계 독자들에게 가장 많은 사랑을 받으며 청춘의 필독서로 꼽는다.

15. 데미안

헤르만 헤세 지음 | 이옥용 옮김

헤세의 대표작이자 영원한 청춘의 성서

노벨 문학상 수상작가이자 독일 문학의 거장 헤르만
헤세의 대표작. 자신의 내면세계를 향해 고집스럽
게 걸음을 옮긴 주인공 싱클레어의 성장을 그린 영
원한 청춘의 성서이다. 철학, 종교, 인간을 끊임없
이 탐구했던 작가의 깊이 있는 시선과 인간 내면의
양면성에 대한 치밀한 묘사가 마음을 사로잡는다.

★ 노벨 문학상 수상작가

21. 수레바퀴 아래서

헤르만 헤세 지음 | 함미라 옮김

헤세의 자전적 성장소설이자 청춘들의 자화상

작가의 자전적 경험이 녹아들어 있는 헤세의 대표
적인 성장소설. 총명한 한 소년이 개인의 자유와
개성을 억압하고 획일화시키는 교육 제도와 권위적
인 기성 사회의 벽에 부딪쳐 비극으로 치닫는 과정
을 섬세하게 형상화했다. '삶'이라는 수레바퀴 아래
짓눌린 채 살아가는 오늘날 청춘들의 자화상이 그
려진 수작이다.

★ 노벨 문학상 수상작가   ★ 서울대 선정 고전 200선
★ 국립중앙도서관 청소년 권장도서

Gartenmauer in Montagnola (1919)

가끔씩

가끔씩 새 한 마리 울거나
바람 한 줄기, 잔가지들 사이로 불거나
개 한 마리, 아득히 먼 농장에서 짖을 때면
오랫동안 귀 기울이고 침묵하게 된다.

잊힌 천 년 전,
그 새와 소르르 부는 바람이
나랑 닮았던 그때로, 내 형제였던 그때로,
그때로 내 영혼은 도망친다.

내 영혼은 한 그루 나무 되고
한 마리 짐승 되고 구름 된다.
처음 보는 모습으로 완전히 바뀌어 돌아온다.
그러고는 내게 묻는다. 그럼 뭐라고 대답할까?

목적지를 향해

난 늘 목적지 없이 걸었다.
쉬고 싶은 마음, 한번도 없었다.
내 길은 끝이 없는 것 같았다.

마침내 난 계속 뱅글뱅글 돌면서 방랑했다는 걸 알게 되었다.
그리고 여행이 피곤해졌다.
그날은 내 삶의 전환점이었다.

이제 난 망설이며 목적지를 향해 간다.
내가 가는 모든 길에는 죽음이 서서
내게 두 손을 내민다는 것을
알고 있기에.

제3부
여름의 절정

Blick vom Hang (1920)

삼중창

어떤 목소리가 밤에 노래하네.
밤은 그 목소리를 위협하지.
그 목소리는 자신의 불안을, 자신의 용기를 노래하네.
노래를 부르면 밤은 무릎을 꿇지.

두 번째 목소리가 노래를 부르기 시작하네. 그리고 동행하네.
그 목소리는 다른 목소리에 보조를 맞추고
대꾸하고 소리내 웃네.
밤에 둘이서 노래하면 기쁘거든.

세 번째 목소리가 함께 노래하기 시작하네.
춤을 추다가 줄지어 함께 느릿느릿 당당하게 걷네.
그리고 세 목소리는 별빛 되고 마법 되네.

셋은 서로를 꽉 붙잡았다가 놓아주고
서로를 피하다가 다시금 붙잡지.
밤에 노래하는 건
사랑을 일깨우고 기쁨을 주기 때문이지.
셋은 마법으로 별이 총총한 하늘을 만드네.

그 안에서 하나는 다른 하나를 붙잡고 놓아주지 않네.
셋은 스스로를 드러내다가 몸을 숨기지.
서로 위로하고 놀리고…….

네가 없다면, 내가 없다면, 네가 없다면
밤이었을 거야. 그리고 세상은 온통 두려움이었을 거야.

Blumenbeet (1923)

여름의 절정

먼 곳의 푸르름이 이미 투명해지고
정신으로 충만해지고 한껏 밝아져
이루 말할 수 없이 달콤한 음향이 된다.
9월만이 오롯이 그걸 모아 놓는다.

무르익은 여름은 밤새도록
축제를 위해 색색으로 물들려고 한다.
그 축제에서는 모든 것이 완전히 다 이룬 상태에서
웃고 기꺼이 죽으려고 한다.

영혼이여, 이제 시간에서 빠져나오거라.
근심걱정에서 벗어나거라.
그리고 열망하던 아침 속으로
비상할 준비를 하거라.

8월 말

여름은 다시금 자신의 힘을 되찾았다.
우린 이미 체념하고 있었다.
낮이 점점 짧아지자, 여름은 농축된 것처럼 환히 빛난다.
여름은 구름 한 점 없이 이글거리는 태양을 뿜낸다.

이처럼 인간도 노력한 끝에
—그때 그는 이미 옴츠러든 채 실망한다.—
또다시 갑자기 큰 파도를 믿고
감히 용기를 내어 남은 생애 속으로 뛰어든다.

어떤 사랑에 너무 몰두하든
때늦은 일을 준비하든
그의 행위 속에는, 그의 기쁨 속에는
종착점에 대한 지식이 가을처럼 투명하게 나지막이 울린다.

여름은 늙어 버렸고…

여름은 늙고 지쳤다.
무지막지한 두 손을 늘어뜨린 채
텅 빈 눈으로 경작지를 바라본다.
이젠 끝난 것이다.
여름은 자신의 불꽃을 흩뿌렸다.
자신의 꽃들을 모두 태워 버렸다.

모든 게 그와 같다.
결국 우리는 지친 채 뒤돌아보고
오들오들 떨며 빈손에 입김을 분다.
일찍이 행운이 있었는지,
업적이 있었는지 의심한다.
우리의 삶은 아득한 과거 속에 있다.
우리가 읽었던 동화처럼 빛이 바랜 채.

여름은 일찍이 봄을 때려죽이고
자신이 더 젊고 더 힘세다고 생각했다.
이제 여름은 고개를 끄덕이며 소리 내어 웃는다.
요즘 들어 여름은 완전히 다른 쾌락을 계획 중이다.

더는 아무것도 바라지 않고 모든 것을 체념한 채
바닥에 쓰러져 창백한 두 손을
차디찬 죽음에 맡기고
더는 아무것도 듣지도 보지도 않고
스르르 잠이 든다… 죽는다… 사라진다…….

여자 친구에게 보내는 엽서

오늘, 찬바람 한 줄기 분다.
틈바귀마다 바람이 애처롭게 울고 있다.
초원엔 서리가 가득 내렸다.
아직 꽃이 피어 있는데.
창가에선 시든 잎 하나, 나부낀다.
난 눈 감은 채
멀리 안개에 잠긴 도시를
걷고 있는 널 보고 있다.
내 날씬한 노루를.

교훈

사랑하는 소년아, 사람들의 말이란
조금씩 차이는 있지만 결국 모두 거짓말이란다.
대부분 우린 기저귀를 차고 있을 때 가장 정직하지.
그 뒤론 무덤 속에 있을 때 그렇고.

거짓말하며 살다 우리는 조상들 곁으로 가 몸을 누이지.
마침내 지혜로워지고 냉철한 명료함 가득 지니게 되지.
우린 반짝이는 뼈들을 두들기며 딸그락거린단다. 진실을
딸그락거리는 거지.
그런데 꽤 많은 이들은 거짓말을 하면서 차라리 다시 살고
싶어하는 듯하구나.

여름밤

뇌우가 퍼붓자, 나무들에서는 빗방울이 뚝뚝 떨어진다.
젖은 이파리에서는 달빛이 반짝인다. 차갑지만 낯익은 빛
이다.
골짜기에서는 보이지 않는 강물 소리
쉼 없이 나직나직 울린다.

지금 농장에서는 개들이 짖는다.
아, 여름밤이여, 하늘의 반을 메운 별들이여,
흐릿한 너희 궤도에서 내 가슴을
멀리, 여행의 황홀경으로 이끄는구나!

꽃들은 흐드러지게 피고

복숭아나무에 꽃이 만발했다.
꽃이라고 모두 열매가 되지는 않는다.
꽃들은 장미 거품처럼 푸른 하늘과
흘러가는 구름 사이로 눈부시게 반짝인다.

생각도 꽃피듯
매일 수백 번씩 떠오른다.
꽃피게 하라! 그대로 두어라!
무얼 얼마나 얻었는지 묻지 마라!

놀이도, 천진난만함도,
흐드러지게 꽃피는 일도 있어야 한다.
그렇지 않으면 우리에게 세상은 너무나도 작고
삶의 낙 또한 없을 테니까.

어느 초상화에 관해서

공들여 색칠한 그림 속
멋진 빛깔들로부터
동방 사람의 큰 두 눈이
골똘히 생각에 잠긴 채
침울한 표정으로,
어둔, 희미한 눈빛으로 바라본다.

고요하면서도 굳게 다문 입술은
다소 고뇌에 찬 듯.
한 입 베어 물며 맛본,
금지된 과일인 양
두려워하면서도 사랑하고 갈망하는
고뇌에 찬 듯.

고백

사랑스런 광채여, 네 여러 장난에
내가 기꺼이 몰두하는 것을 보라.
남들은 목적이나 목표가 있지만
난 그저 살아가는 걸로 만족한다.

일찍이 내 감각들을 건드렸던 것들은
모두 내게
내가 늘 생생하게 감지했던
무한하면서도 유일한 그것에 대한 비유로 보인다.

그런 상형문자를 읽는 건
살아갈 만한 가치를 지닌다. 내겐 늘 그렇다.
영원한 것, 본질적인 것이
내 안에 깃들어 있음을 알기에.

밤에 드는 느낌

내 마음 밝히는,
푸른 밤의 위력으로
갑작스레 구름에 틈새 생기더니
달이, 그리고 별들의 세계가 모습을 드러낸다.

영혼은 자신의 열린 무덤에서 활활 타오른다.
불을 휘저어 이글이글 타오른다.
그러자 별들의 옅은 향기 속에서
밤이 하프를 연주한다.

하프 소리가 신호를 보내자,
근심걱정은 도망가고 괴로움은 작아진다.
비록 나, 내일 존재하지 않을지라도
오늘은 여기에 있다!

Obstblüte im April (1925)

일찍 온 가을

시들기 시작한 잎에선 이미 알알한 냄새가 난다.
텅 빈 곡식밭들은 아무런 눈길을 보내지 않는다.
우리는 안다. 폭풍우가 한 번만 더 휘몰아치면
지친 여름의 기세가 한풀 꺾이리라는 것을.

금작화 꼬투리가 바스락거린다.
오늘 우리가 손에 쥐고 있다고 생각되는 것들은 모두
갑자기 아득히 멀리 있는 전설과도 같이 보일 것이다.
그리고 놀랍게도 꽃들은 모두 길을 잃는다.

화들짝 놀란 영혼 속에서 소망 하나, 잔뜩 겁에 질린 채
피어난다.
영혼이 삶에 너무 집착하지 않았으면 하는 소망이,
영혼이 한 그루 나무처럼 시듦을 체험했으면 하는 소망이,
영혼의 가을에 축제와 빛깔이 빠지지 말았으면 하는 소망이.

시들어 가는 장미

많은 사람들이 깨달았으면 좋겠다.
많은 연인들이 배웠으면 좋겠다.
스스로의 향기에 도취할 것을,
살인자와도 같은 바람에 깊이 빠져들어 귀 기울일 것을,
장밋빛 꽃잎 놀이 속으로 흩날려 사라져 버릴 것을,
빙긋 웃으며 사랑의 만찬으로부터 떠나갈 것을,
이별을 축제인 양 치르고
육체적인 것으로부터 담담히 벗어날 것을,
그리고 죽음을 입맞춤처럼 들이마실 것을.

어느 친구의 부음 소식을 듣고

덧없는 것은 금방 시든다.
메말라 버린 세월은 금방 흩날린다.
영원할 것 같은 별들은 비웃듯 바라본다.

우리 내면에서는 오직 정신 하나만이
그러한 움직임을 비웃지 않고
괴로움 없이 담담히 바라볼 것이다.
우리 내면에 있는 정신에게는 "덧없는"과 "영원한"이
크나큰 의미가 있기도 하고 대수롭지 않기도 하다……

하지만 마음은 저항하며 사랑 속에서 활활 타오른다.
그리고 시들어 가는 꽃은, 마음은
죽음의 영원한 외침 소리에
사랑의 영원한 외침 소리에
완전히 몰두한다.

니논을 위하여

밖에선 별들이 분주히 자리 옮기고
모든 게 찬란하게 끊임없이 반짝이지.
삶이 어두운 나 같은 사람 곁에
당신이 머물고 싶어 하는 것,

당신이 복잡다단한 삶에서
중도(中道)를 알고 있다는 것,
이 두 가지 사실은 당신과
나에 대한 당신의 사랑을 천사로 만들지.

내 어둠 속에서 당신은
꼭꼭 숨어 있는 별을 알아차리지.
당신은 당신의 사랑으로
삶의 달콤한 진수를 떠올리게 하지.

여름날 저녁

작은 손가락 하나, 시를 쓴다.
빛 바랜 목련이 창 안을 들여다본다.
흐릿하게 반짝이는 저녁 포도주 잔에
사랑하는 그녀의 머리칼과 얼굴이 비친다.

여름밤은 거의 투명한 자신의 별들을 흩뿌렸다.
달빛 환한 이파리에서는 젊은 날의 추억이 향기를 내뿜는
다…….
내 작은 손가락아, 우린 곧 곰팡이와 먼지가 될 거야.
모레─ 오늘─ 어쩌면 오늘 그럴지도 몰라.

늦여름 나비들

수많은 나비들의 시절이 왔구나.

늦게 핀 드럼불꽃 향기 속에서 나비들, 비틀비틀 춤추네.

푸른 하늘에서 나비들, 소리 없이 헤엄치듯 오는구나.

제독나비, 여우나비, 산호랑나비,

은줄표범나비, 표범나비,

수줍음 많은 나방, 붉은 불나방,

들신선나비, 작은멋쟁이나비.

나비들은 모피와 우단으로 몸을 감싸고 여러 귀한 빛깔 띤 채

보석처럼 반짝이며 이리로 두둥실 떠오는구나.

찬란하면서도 슬픈 모습으로 말없이 몽롱하게,

몰락해 버린 동화의 세계에서 왔구나.

이곳에선 이방인, 하지만 꿈 같은 이슬에 젖은 채

낙원처럼 행복한 강가 풀밭에서 내몰린,

우리가 꿈에서 보는 잃어버린 고향, 동방에서 온 명 짧은 손님들,

우리는 혼령들이 전하는 동방 소식을

상당히 고귀한 존재의 사랑스러운 담보라고 믿지.

모든 아름답고 무상한 것들의 여러 상징이자,
지극히 부드럽고 열광적인 것의 여러 상징인,
연로한 여름 왕의 잔치에 온
황금으로 치장한 울적한 손님들!

어느 소녀에게

모든 꽃 가운데
가장 사랑스런 꽃은 너.
네 입김은 달콤하고 아이 같구나.
한없이 천진난만한 네 눈빛은 기쁨에 넘쳐 깔깔거리는구나.
나는 너를, 꽃을 꿈속으로 데려간다.
그곳, 노래하는, 색색의 마법 식물들 사이에
네 고향이 있다. 그곳에서 넌 결코 시들지 않는다.
그곳에서 너, 영원히 꽃을 피우는구나.
내 영혼이 짓는 사랑의 시에서
네 젊음은 쉼 없이 향기를 뿜는구나.

난 수많은 여인들을 알고 있었지.
괴로워하면서도 수많은 여인들을 사랑했단다.
수많은 여인들 마음을 아프게 했지.
이제 작별을 하면서 난 네 안에 있는,
우아함의 모든 마법과 젊음의 모든 사랑스러운 매력에
한 번 더 인사를 건넨다.
그리고 가장 은밀한 내 서정시의 꿈의 정원에서
내게 그토록 많은 것을 선물한 네게

미소 지으며, 고마워하며
불멸의 존재들에 널 포함시킨다.

Osterglocken

꽃의 삶

초록 꽃받침 속 꽃, 아이처럼 조마조마하게 주위 둘러본다.
제대로 볼 엄두는 감히 내지 못한다.
빛의 큰 파도들에 들어 올려지고
낮과 여름이 무한히 푸르러지는 걸 느끼고 있다.

빛이, 바람이, 나비가 꽃과 친해지려고 한다.
꽃은 처음 방긋 웃으며 삶에,
나이 어린 잇단 꿈들에,
잔뜩 겁먹은 가슴 열고 몰두하는 법을 배운다.

이제 꽃은 활짝 웃고, 꽃빛깔들은 활활 타오른다.
관다발에는 황금빛 꽃가루가 부풀어 오른다.
꽃은 한낮의 불볕더위를 알게 되고
저녁엔 지친 나머지 잎 속에 몸을 기울인다.

가장자리는 성숙한 여인의 입 같다.
그 입술선 가장자리엔 나이듦에 대한 예감이 파르르 떨고
있다.
꽃의 웃음소리는 뜨겁게 피어오른다. 웃음소리의 바닥에는

이미 포만감과 쓸쓸한 찌꺼기가 드리워져 있다.

이제 작은 꽃잎들은 오그라들기도 하고, 한 올 한 올 풀어져
지친 모습으로 씨앗들의 품에 매달린다.
꽃빛깔은 유령처럼 창백해진다.
커다란 비밀은 죽어가는 꽃을 꼭 껴안는다.

어느 시집에 바치는 헌시

I
이제는 더 이상 열광하지 않는다.
원무곡 역시 이미 가을다운 소리를 낸다.
그럼에도 우리, 침묵하지 않으리.
아침에 울린 것은 저녁에도 울리는 법.

II
난 수많은 시를 썼다.
남아 있는 건 몇 편 안 된다.
시들은 내 놀이요, 꿈이다.

가을바람이 굵은 가지들을 흔든다.
추수제에 색색으로 물든 생명나무 잎들이
바람에 흩날린다.

III
나뭇잎들이 나부낀다.
생명의 꿈에 대한 노래들이
장난치듯 바람에 흩날려 사라진다.

우리가 처음으로 그 노래들을,
다정한 선율을 부른 이후로
많은 것이 스러져 갔다.
노래 역시 죽어 버린다.
그 어떤 노래도 영원히 되풀이해서 울리지 않는다.
바람이 모든 것을 흩날려 버린다.
꽃과 나비들은
불멸의 존재들에 대한
한순간의 비유이다.

사랑의 노래

난 사슴, 넌 노루.
새는 너, 난 나무.
해는 너, 난 하얀 눈.
넌 낮, 난 꿈.

밤이면 잠든 나의 입에서
황금새 한 마리 네게로 날아가지.
황금새의 목소리는 맑고 날개는 화려하지.
황금새는 네게 사랑 노래를 불러 주네.
황금새는 네게 나에 대한 노래를 불러 주네.

병든 사람

내 삶은 바람처럼 날아가 버렸다.
난 홀로 누워 잠 못 이루고 있다.
창가에 걸린 조각달이
내가 무얼 하나, 지켜보고 있다.
나는 오랫동안 누워 오들오들 떨며
방 안에서 죽음을 느낀다.
심장아, 어찌하여 넌 그리도 불안에 떨며 고동치니?
넌 아직도 타오르고 있는 거니?
난 나직이 노래를 부르기 시작한다.
달과 바람에 대한 노래를,
사슴과 백조에 대한 노래를,
마리아와 그 아들에 대한 노래를.
사람들이 부르는 노래는
모두 떠오른다.
별과 달이 내 안에 들어오고
숲과 노루는 내 가슴속에 있다.
모든 고통과 기쁨은
감고 있는 내 두 눈 뒤에서 흘러 사라진다.
그 둘은 구분되지 않는다.

모든 게 달콤하다. 모든 게 타오른다.

난 내가 어디 있는지 모르겠다.

핏기 없는 붉은 입술을 가진 여인들이 오더니

겁먹은 촛불처럼 사랑 앞에 불안스레 흔들린다.

그들 중 하나의 이름은 죽음이다.

아, 그 타오르는 시선은 내 심장을 어찌나 들이마시는지!

신들은 늙은 눈을 뜨고는

자신들이 숨겨 놓은 천국을 드러내 보인다.

웃음 짓게 하는, 그리고 눈물짓게 하는 천국을.

신들은 자신들의 별들을 아주 빠른 속도로 돌게 하고

모든 달들과 모든 해들을 빛나게 한다.

내 노랫소리는 점차 잦아들어 멈춰 버렸다.

하늘 한가운데에서

잠이 신들의 세계를 따라

별들의 여러 길로 느릿느릿, 위엄 있게 걸어온다.

그 걸음은 눈 위를 걷는 듯…….

난 잠에게 무얼 부탁해야 할까…?

병상에서 괴롭던 것들이 모두 사라졌다.

이젠 그 어떤 것도 고통을 주지 않는다.

Noranco (1922)

꽃, 나무, 새

심장아, 텅 빈 공허 속에 홀로 있구나.
외롭게 불타오르는구나.
짙은 꽃이, 고통이 심연에서
네게 인사를 건네는구나.

높은 나무는, 고뇌는
굵은 나뭇가지들을 뻗는다.
잔가지에서는 새가
영원을 노래한다.

꽃은, 고통은 말이 없다.
한 마디도 하지 못한다.
나무는 구름들 사이로 자라고
새는 쉼 없이 노래한다.

편집자에게서 온 편지

"선생님의 감동적인 시에 대해 감사드립니다.
그 시는 우리에게 깊은 인상을 남겼습니다.
하지만 본지에는 별로 적합하지 않아 보이는 점
심히 유감으로 생각합니다."

어떤 편집자가 내게 그런 편지를 쓴다.
거의 매일. 편지가 하나둘 쌓인다.
가을 냄새가 난다. 탕자는
그 어디에도 고향이 없다는 것을 분명히 안다.

나는 어떤 목표도 없이, 오로지 나를 위해서만 쓴다.
침대 옆 탁자 위, 등잔에게 나는 그 시를 읊는다.
등잔 역시 내 시에 귀 기울일 것 같지 않다.
하지만 등잔은 밝은 빛 뿜어내며 침묵한다. 그것만으로도
족하다.

11월

이제 모든 것은 몸을 감싸고 빛 바래려고 한다.
안개 낀 날들은 불안과 근심거리를 부화시킨다.
거센 폭풍우가 치는 밤이 지나면 아침에 얼음이 달그락거린다.
작별은 눈물짓고 세계는 죽음으로 가득 차 있다.

죽을 수 있다는 것은 거룩한 지식이다.
죽을 준비를 하라. 그러면 황홀감에 젖어
고양된 삶 속으로 들어가게 되리.

늙어가기

청춘의 별들이여,
너희는 어느 곳으로 떨어졌니?
너희 가운데 어느 하나도
구름장 사이로 나타나지 않는구나.

너희들, 내 청춘의 동무들아,
아, 너희는 어쩌면 그리도 빨리
세상과 평화 조약을 체결했는지!
아무도 딱한 처지에 놓인 내 편을 들지 않는구나!

우리 늙은이들을 비웃는 젊은이들이여,
너희 말이 정말 맞다!
나 역시도 그랬으니까. 난 어찌나
내 스스로에 대해 믿음직스럽지 못하게 행동했던지!

그럼에도 난 계속 힘껏 싸우겠다.
세상과 맞서겠다.
영웅이 되어 승리하지 못한다면
투사로서 쓰러지겠다.

첫눈

초록의 해여, 넌 늙었구나.
눈빛 흐릿하고 머리칼엔 벌써 눈이 쌓였구나.
발걸음도 지쳤고 걸음에는 죽음이 깃들어 있구나.
나, 너와 동행하리. 나, 너와 함께 죽으리.

심장은 망설이며 두려운 오솔길을 걷는다.
눈 속에서는 겨울의 씨가 잔뜩 겁에 질린 채 잠자고 있다.
바람은 이미 내 굵은 가지를 몇 개나 꺾었을까.
이제 그 상처는 내 갑옷이다!
난 이미 씁쓸한 죽음을 몇 차례나 죽었는지!
새로 태어나는 것은 모든 죽음의 대가(代價)이다.

죽음아, 환영한다, 너, 어두운 문이여!
저 너머에서 삶의 합창이 낭랑하게 울려 퍼지는구나.

쾌락

오로지 끊임없이 콸콸 흐르고, 오로지 타오르고,
불속에 맹목적으로 뛰어들고,
영원한 불꽃, 곧 삶에
사로잡혀 빠져드는구나!
하지만 심장은 불현듯 두려움에 전율하면서
무한한 행복감에 젖어 과거를 그리워한다.
심장은 사랑 속에서 죽음을 감지한다.

덧없음

생명나무 잎이
하나둘 떨어진다.
아, 현기증이 날 만큼 다채로운 세계여,
어쩌면 이토록 넌 만족감을 주는지,
어쩌면 이토록 넌 만족감을 주면서도 지치게 하는지,
어쩌면 이토록 넌 취하게 만드는지!
오늘 붉게 타오르던 게
이내 사그라지는구나.
내 갈색 무덤 위로
곧 바람이 요란하게 불어 대겠지.
어린 아이 머리 위로
어머니가 몸을 굽힌다.
어머니의 눈을 한 번 더 보고 싶다.
그 시선은 나의 별이다.
다른 것들은 모두 떠나가고 바람에 흩날려도 상관없다.
모든 것은 죽는다. 모든 것은 기꺼이 죽는다.
오직 영원한 어머니만이 남는다.
우리를 있게 한 그 어머니만이.
어머니의 장난치는 듯한 손가락 한 개가

덧없는 허공에 우리 이름을 써넣는다.

Ostermontag (1924)

눈 속 방랑자

한밤중 골짜기에서 시계 하나 종을 친다.
달은 차갑고 헐벗은 모습으로 하늘을 떠돈다.

눈 속에서 달빛 받으며
난 내 그림자와 단 둘이서 걸어간다.

봄이 되어 파릇파릇한 길을 얼마나 많이 걸었던지!
여름 태양이 타오르는 것을 얼마나 많이 보았던지!

내 발걸음은 지치고 내 머리칼은 세어 버렸다.
이젠 아무도 내가 어떤 사람이었는지 알지 못한다.

내 여윈 그림자는 지친 나머지 멈춰 서고
언젠가 여행은 분명 끝나리.

꿈이, 다채로운 세계 이곳저곳으로 날 끌고 다녔던 꿈이
내 곁을 떠난다. 꿈이 거짓말을 했다는 걸 나, 이젠 안다.

한밤중 골짜기에서 시계 하나 종을 친다.

아, 저 위 하늘에선 달이 싸늘하게 웃고 있구나!

눈아, 넌 내 이마와 가슴을 이토록 차갑게 감싸는구나!
죽음은 내가 알고 있던 것보다 훨씬 사랑스럽다.

탄식

우리에게는 어떤 식의 존재도 허용되지 않는다. 그저 흘러
갈 뿐.

우리는 기꺼이 모든 형태로 흘러든다.

낮으로, 밤으로, 동굴로, 대성당으로 흘러드는 것이다.

우리는 그것들을 관통한다. 존재에 대한 열망이 우리를 내
몬다.

그렇게 해서 우리는 쉼 없이 형태들을 메우고 또 메운다.

허나 어떤 형태도 우리의 고향과 행복과 고초가 되지 못한다.

우리는 늘 길 위에 있고, 우리는 늘 손님이다.

밭도 쟁기도 우리를 부르지 않는다. 우리에게서는 빵이 자
라지 않는다.

신이 우리를 어떻게 생각하는지 우린 알지 못한다.

신은 우리를, 자신의 손안에 있는 점토를 갖고 논다.

벙어리에 부리기 쉽고 웃지도 울지도 않는 점토를,

쉽사리 이겨지기는 하지만 결코 구워지지 않는 점토를.

언젠가 바위로 굳어지기를! 단 한 번만이라도 지속되기를!

그렇게 되기를 바라는 우리의 동경은 영원히 활기차다.

하지만 두려움에 찬 전율 하나만 영 원히 남는다.

우리가 가는 길에는 결코 휴식이란 없으리.

고통

고통은 우리를 한없이 작게 만드는 명수,
우리를 불태워 한층 더 가련하게 만드는 불.
그 불은 자기 삶으로부터 우리를 떼어 놓는다.
그 불은 주위에서 타올라 우리를 외롭게 만든다.

지혜와 사랑은 작아진다.
위안과 희망은 희미해지고 이내 사라져 버린다.
고통은 우리를 격렬하게, 시샘하듯 사랑한다.
우리는 완전히 녹아 없어져 존재가 된다.

존재는 진흙으로 된 형상인 자아를 구부린다.
그리고 불꽃 속에서 흩날리고 저항한다.
그런 다음 먼지 되어 소리 없이 무너져 내린다.
그리고 그 명수에 스스로를 내맡긴다.

하지만 우리, 은밀하게 갈망하지

우리네 삶은 요정들 삶처럼
우아하게, 정신적으로, 당초무늬처럼 살랑살랑
무(無) 주위를 빙빙 도는 것 같다.
우리가 존재와 현재를 바친 그 공허 주위를.

꿈들의 아름다움이여, 끝없이 이어지는 사랑스러운 놀이여,
입김처럼 사뿐히, 이토록 질서정연하게 어우러졌구나.
햇살 환한 네 표면 아래 깊은 곳에서
밤과 피와 야만에 대한 동경이 희미하게 빛나는구나.

우리네 삶은 무(無) 속에서 제 스스로
늘 놀이를 할 준비를 한 채 자유롭게 돈다.
하지만 우리는 은밀히
현실을, 생식과 탄생을, 고통과 죽음을 갈망한다.

회상

기슭엔 히스*가 만발했다.
금작화**는 갈색 빗자루마냥 굳어 버렸다.
오월 숲이 얼마나 솜털처럼 여린 녹색이었는지
누가 오늘까지 알고 있을까?

지빠귀 노랫소리와 뻐꾸기 울음소리,
한때 어떻게 울렸는지 누가 오늘까지 알고 있을까?
그토록 황홀하게 울렸던 것이
이미 잊히고 자취가 없다.

숲 속 여름 저녁 잔치를, 산 저 위 보름달을
누가 기록했을까?
누가 그 모습 그대로 담아 놓았을까?
모든 건 이미 먼지처럼 흩어져 버렸다.

곧 너와 나에 대해서도
누구도 더는 알지 못할 거야. 얘기하지 않을 거야.
이곳엔 다른 사람들이 살겠지.
아무도 우리를 몹시 그리워하지 않을 거야.

우리, 샛별을, 첫 안개를 기다리자꾸나.
신의 커다란 정원에서
활짝 꽃피우자.
그리고 기꺼이 시들자꾸나.

*진달래과 에리카 속의 소관목. 종에 따라 봄, 여름, 가을에 핀다.
**쌍떡잎식물 장미목 콩과의 소관목. 5월에 꽃이 핀다.

Goldener Oktober (1932)

밤비

밤비 소리 듣다가 잠들었다.
그리고 그 소리에 잠이 깼다.
밤비 소리 들린다. 그리고 느껴진다.
주룩주룩 빗소리가 밤을 가득 채운다.
천 가지 목소리로 축축하고 서늘하게.
끊임없이 속삭이고, 웃고, 신음하며
흘러가듯 부드러운 선율들이 마구 뒤섞인 소리에
난 마냥 황홀해 하며 귀 기울인다.

혹독한 여름날들의 거칠고 메마른 모든 울림 뒤,
비의 부드러운 탄식 소리,
얼마나 간절하게 외치는지!
얼마나 행복에 겨워하면서도 겁내는지!

그토록 자신감 넘치는 가슴속에서
좀처럼 속내를 털어놓지 않을 것 같아도
아이처럼 흐느끼고 싶은 마음이,
눈물의 사랑스러운 샘물이 와락 솟구친다.
그리고 침묵에 잠겨 버린 것이 말할 수 있도록

콸콸 흐르고, 탄식하고, 마법을 깨뜨린다.
그리고 새로운 행복과 고통에
길을 열어 주고 영혼을 넓혀 준다.

잠 못 이루는 밤

높새바람 부는 밤이 창백한 얼굴로 들여다 본다.
달은 숲 속에서 지려 한다.
난 왜 잔뜩 겁에 질린 채 고뇌하며
잠 못 이루고 밖을 내다보는 것일까?

잠자다가 꿈을 꿨다.
무엇이 한밤중에 날 불러
그토록 두려워하게 만들었을까?
마치 내가 중요한 것을 놓쳐 버린 것처럼.

집 밖으로 달려 나가면 얼마나 좋을까.
뜰과 시골 마을과 고장을 떠나
그 외침 소리, 그 주문(呪文)을 따라
멀리, 세상으로 뛰쳐 나갔으면.

Felsenkeller (1923)

모든 죽음

난 모든 죽음을 겪었다.
난 모든 죽음을 또다시 겪으리.
나무 속에서는 나무다운 죽음을,
산 속에서는 돌다운 죽음을,
모래 속에서는 모래다운 죽음을,
바삭거리는 여름풀 속에서는 한 잎 두 잎 떼어 내는 죽음을,
그리고 가련하고 피 흘리는, 인간의 죽음을.

꽃으로 다시 태어나리.
나무와 풀로 다시 태어나리.
물고기와 사슴, 새와 나비로 태어나리.
어떤 것이 되든 갈망이 나를
휙 잡아채 계단으로,
마지막 고통으로,
인간의 고통으로 잡아끌 것이다.

아, 파르르 떨고 있는, 팽팽한 활시위여,
사무친 소망에 불같이 달아오른 주먹이,
삶의 두 양극,

서로 마주 볼 수 있게 휠 것을 요구한다면!
앞으로도 수도 없이
너는 나를 죽음으로부터 탄생으로 내몰겠지.
여러 모습을 갖게 되는 과정의 고통스러운 궤도,
여러 모습을 갖게 되는 과정의 찬연한 궤도.

마음속 나침반을 사랑하고 따른 시인,
헤르만 헤세

　장편소설 『데미안』과 『싯다르타』, 노벨상 수상작인 『유리알 유희』로 우리에게 널리 알려지고 오늘날까지도 여전히 사랑받고 있는 독일 작가 헤르만 헤세는 1962년, 여든다섯의 나이로 생을 마감할 때까지 평생 시를 사랑했다. 시상이 떠오르면 그는 소설을 집필할 때와는 달리, 독자를 염두에 두지 않은 채 오로지 자신이 느끼고, 생각하고, 체험한 바를 마치 영혼의 일기장을 써 내려가듯 시로 옮겼다. 그에게 시는 자신만의 '놀이'요 '꿈'이었다.

　소설가로서는 생애 첫 소설(『페터 카멘친트』)부터 줄곧 크나큰 문학적인 성공과 명성을 거머쥔 반면, 시인으로서는 "삼류 시인"이라는 혹평까지 받았던 그는 훌륭한 시 한 편이 세 편의 장편소설보다 더 소중하다고 힘주어 말했다. 자신이 공들여 지은 시편들이 독자들에게 외면당하는 현상이 안타까웠는지, 그는 자신의 문학 작

>>>

품들 중에서 소설만을 즐겨 읽는 독자들을 바보 같다고 일축하기도 했다.

헤세는 이미 다섯 살 때 운을 맞춘 일종의 시구를 지어 흥얼거렸고, 열두 살 때에는 오직 시인이 되겠다고 굳게 결심했다. 하지만 선교사인 외조부와 역시 선교사인 아버지는 헤세가 목사나 학자가 되어 안정된 삶을 살아가기를 희망했다. 가족과 학교 교사들과 주위 사람들은 시인과 문필가를 높이 평가하기는 했지만, 정작 자신들의 자식이나 제자가 시인이나 예술가가 되겠다는 소망을 가지면 제정신이 아니라고 혹독하게 비난했다. 그들은 그러한 꿈을 갖는 것을 어리석기 짝이 없는 허튼 생각이라고 여기며 비웃었다. 심지어는 창피한 일로 여기기까지 했다.

자신의 꿈을 접고 가족의 기대와 권유로 명문 개신교 신학교인 마울브론 수도원 학교에 입학한 헤세는 글을 쓰고 싶다는 내면의 목소리와 그가 처한 환경 사이에서 극심한 갈등을 겪었다. 그는 수도원 학교에서 도망치고, 자살을 기도하고, 정신 요양원에 입원하고, 김나지움에 입학한 뒤 또다시 학업을 중단하고, 시계 공장에서 견습공으로 일하고, 서점에서 무급 견습생 생활을 시작하는 등 갖가지 우여곡절을 거친 뒤, 드디어 스물두 살인 1898년에 자신의 첫 시집 『낭만적인 노래』를 펴냈다. 이후 그는 타계할 때까지 총 19권

의 시집을 출간했다.(그중 친지들에게 기증하는 자가판 시집이 세
권이고, 시 전집은 두 권이다.) 헤세는 모두 1,400여 편의 시를 썼
는데, 이번에 번역·출간하는『헤르만 헤세 시집』에는 1975년에 독
일 주어캄프 출판사에서 출간된 시 전집에 수록된 734편 중 독자들
의 감성과 이성에 울림과 공감을 줄 것으로 여겨지는 105편을 선정
해 실었다.

   헤세의 시는 초기(1895년~1910년), 중기(1911년~1927년), 후기
(1928년~1962년)로 나뉘는데, 이 시집에는 세 시기에 쓰인 시들이
고루 실려 있다. 그의 초기 시는 나머지 두 시기에 비해 운율과 음
악적인 측면을 특히 중시하고 있다. 그는 당시 새로운 형식을 추구
하던 일부 시인들과는 달리, 수세기 동안 독일 시인들이 즐겨 사용
한 전통 운율을 살려 시를 지었다. 헤세에게 시는 "음악으로 변화된
영상"으로 내적 자아의 체험에서 비롯되는 "외침이고 절규이고 탄
식이고 몸짓"이었다.
      그의 시를 읽다 보면 헤르만 헤세라는 한 인간이 살아온 발자
취를 대면하는 듯한 기분이 든다. 그가 무엇을 좋아하고, 무엇을 추
구하고, 무엇 때문에 기뻐하고 괴로워했는지 등이 고스란히 전해지
면서 마치 한 시인의 일기장을 훔쳐보는 듯한 기분마저 든다. 어린

시절에 대한 추억과 동경, 어머니, 시 짓기와 예술가로서의 삶, 사랑의 명암(기쁨과 쾌락과 고통과 이별), 방황과 방랑과 여행, 자연에 대한 관찰과 성찰, 낙원에 대한 동경과 꿈, 두려움, 삶 속에서 비롯된 갈등, 공허감과 덧없음, 죽음 등이 헤세가 바로 곁에서 나직나직 이야기를 들려주듯이 생생하게 전해진다.

그의 시에서 종종 나타나는 덧없음은 자칫 축축하고 감상적인 허무주의를 떠올릴 수도 있지만, 그는 덧없음과 허무함에 맞서는 강력한 방패를 자신 안의 "별"에서 찾는다. 가슴속 깊이 내재해 있는 마르지 않는 샘은 "성스러운 빛"이요 "내면의 정신"이다. "오로지 내면의 정신만이" 괴로움 없이 무상함을 담담히 바라볼 것이라고 말한다. 인간을 비롯한 모든 살아 있는 것들과 모든 존재하는 것들의 생성, 변화, 소멸을 접하며 허망함과 무상함을 느끼는 대신 우리는, 정확히 말하면 우리 안에 자리 잡고 있는 이 성스러운 빛은 "존재에 대한 열망"을 갖는다. "우리는 늘 길 위에 있고", "우리의 동경은 영원히 활기차"다. 헤세는 "활짝 꽃피자. 기꺼이 시들자꾸나."라고 말한다.

여름을 의인화한 시 「여름은 늙어 버렸고…」에서는 지금 이 순간 자신을 전적으로 자신이게 하는, 그리고 그러한 순간들로 촘촘히 이어진 일련의 과정(여름의 삶)이 끝나고 자신이 더 이상 자신의 모습으로 존재할 수 없을 때의 여름의 모습이 잘 그려져 있다. 헤세는 여름의 마음과 활동을 훤히 꿰뚫어 보았다. 여름은 이 세상에 나타나 자신이 가진 모든 역량을 맘껏 펼치고, 이윽고 물러나야 할 때가 오자 좌절과 허무에 빠지지 않고 그러한 사실을 담담히 받아들인다.

앞서 언급한 바와 같이 헤세는 자신의 내적인 흐름을, 그리고 외부의 대상이나 현상에 대한 느낌을 조금도 꾸미지 않고 투명하게 시에 담았다. 그러나 과연 우리말로 옮겨진 105편의 시가 그 외침과 절규와 탄식과 몸짓을 온전히 전달했을까?

산문과는 달리 시에서는 두 언어의 구조적인 차이가 뚜렷하게 부각되는 까닭에 번역 작업은 험난한 먼 길을 걷는 것처럼 지난했다. 이런 상상을 해 보았다. 어느 날, 내 앞에 헤세가 나타난다. 나는 말없이 그의 시를 번역한 원고를 건넨다. 그는 표정 변화 없이 원고를 잠시 훑어보더니 단호한 얼굴로 고개를 절레절레 흔든다. 다급한 표정을 지으며 내가 조언을 구한다. 그는 나를 잠시 바라보다가 이내 시선을 거둬 먼 곳을 바라본다. 내가 입을 열려는 순간, 나는 잠이 깬다. 나의 이러한 괴로움을 진즉에 예상(예언?)했는지 그는 이렇게 말했다.

"시는 음악이며 번역될 수 없다. 그런데도 사람들은 계속해서 시를 번역하려고 시도한다. 그것은 정신 나간 짓이며, 또한 불가능한 시도이다."

물론 나는 많은 것을 놓쳤을 것이다. 뭇사람들에게 깊은 감동을 주는 아름다운 그림이 있다고 상상해 보자. 누군가 내게 그 초상화에 대해 묻는다면, 나는 그림 속 인물의 속눈썹이 파르르 떨리는 듯한 모습이며 봄기운이 살짝 드리운 듯한 입가의 미소며 소매 옷깃에 달린 레이스가 드리운 미세한 그림자 등은 모두 싹둑싹둑 잘라버린 채 엉성한 모습만을 들려줄 것 같다. 그렇다. 나는 헤르만 헤세라는 시인이 표현한 것을, 표현하고자 했던 많은 것을, 그리고 생명을 지녀 살아 움직이고 때로는 노래처럼 전개되기도 할 운율을 온전히 살리지 못했을 것이다. 하지만 시는 "세계에 대한 자아의 대답"으로 "주관적인 것을 객관화한 것"이며, 시인은 독자의 "개성을 기르는 데" 함께 기여할 의무를 지닌다는 헤세의 말을 떠올리며 용기를 내어 우리나라 독자들에게 이 시집을 선보이고자 한다.

쉼 없이 자신의 마음속 나침반에 귀 기울이고, 매 순간 자신에 대해, 인간에 대해, 존재와 삶에 대해 깨어 있으면서 이 모든 것을 통찰하고 시를 썼던 헤르만 헤세. 살면서 존재의 버거움을 느낄 때,

우리는 문득 그를, 그의 시를 떠올릴 수 있으리라. 인류의 한 훌륭한 모범을, 선배를. 그는 "시원찮은 시라 할지라도 시를 직접 짓는 것은 이루 말할 수 없이 아름다운, 다른 사람들의 시를 읽는 것보다 훨씬 더 행복한 일"이라고 말했다. 독자 여러분도 각자의 내면 깊은 곳에서 울려 퍼지는 외침을, 마음속 나침반의 움직임을 마주하고, 자신만의 시를 쓰는 겨울이, 한 해가, 삶이 되기를 바란다.

－옮긴이 이옥용

《헤르만 헤세 연보》

1877년 7월 2일, 독일 남부 뷔르템베르크 주의 소도시 칼브에서 개신
교 선교사인 아버지 요한네스 헤세와 유서 있는 신학자 가문의 어머
니 마리 군더트의 장남으로 출생.

1881년 부모와 함께 스위스 바젤로 이사.

1886년 다시 칼브로 돌아와 실업 학교에 다님.

1890년 명문 신학교에 입학하기 위해 괴핑엔에 있는 라틴어 학교에
다님.

1891년 명문 개신교 신학교인 마울브론 수도원 학교에 입학. 7개월
뒤 '시인이 되지 못하면 아무 것도 되지 않겠다'는 이유로 학교를 중퇴
함. 신학교에서의 경험은 소설 『수레바퀴 아래서』에서 비판적으로 묘
사됨.

1892년 짝사랑으로 인해 자살을 기도하여 정신 요양원에서 생활함.
일반 고등학교 칸슈타트 김나지움 입학.

1893년 10월 학업을 중단함.

1894년 칼브의 시계 공장에서 견습공으로 일함.

1895년 튀빙엔의 헤켄하우어 서점에서 점원으로 일하며 글을 쓰기
시작함. 이후 글쓰기로 삶의 안정을 찾음.

1898년 처녀 시집 『낭만적인 노래』 출간.

1902년 어머니 마리 군더트 사망.

1904년 장편소설 『페터 카멘친트』의 출간으로 경제적인 안정을 얻게 되어 문학의 길에 전념함.

　연구서 『보카치오』와 『프란츠 폰 아사시』 출간.

　아홉 살 연상의 피아니스트 마리아 베르누이와 결혼.

1905년 첫 아들 브루노 출생.

1906년 자전적 소설 『수레바퀴 아래서』 출간.

　잡지 〈삼월〉 창간.

1909년 둘째 아들 하이너 출생.

　취리히, 독일, 오스트리아 등지로 강연 여행을 떠남.

1910년 장편소설 『게르트루트』 출간.

1911년 시집 『도중에』 출간.

　셋째 아들 마르틴 출생.

1913년 여행기 『인도에서. 인도 여행의 기록』 출간.

1914년 장편소설 『로스할데』 출간.

　제1차 세계 대전이 발발하여 군 입대를 자원하였으나 복무 부적격 판정을 받음. '독일 포로 구호' 기구에 복무하며 전쟁 포로들과 억류자들을 위한 잡지를 발행함. 자신의 출판사를 만들어 1918년에서 1919년까지 스물두 권의 소책자를 펴냄.

1915년 단편집 『크눌프』와 『청춘은 아름다워라』 출간.

1916년 아버지 요한네스 헤세 사망.

　병약한 아내와 셋째 아들로 인해 신경 쇠약 발병. 정신분석학자 융의 제자로부터 심리 치료를 받음.

1919년 정치평론집 『차라투스트라의 귀환』 출간.

　스위스 테신 주의 몬타뇰라로 이주하여 평생을 이곳에서 거주.

　에밀 싱클레어라는 가명으로 소설 『데미안』 출간.

　중단편 동화를 묶은 『환상동화집』 출간.

1920년 정신적 안정을 위해 수채화를 그림. 색채 소묘를 곁들여 시집 『화가의 시들』, 『방랑』과 소설 『클링조어의 마지막 여름』 출간.

1922년 장편소설 『싯다르타』 출간.

1923년 마리아 베르누이와 이혼.

1924년 스무 살 연하인 루트 벵어와 재혼.

1925년 자전적 수기 『요양객』 출간.

1927년 여행기 『뉘른베르크 여행』과 소설 『황야의 이리』 출간.

　루트 벵어와 이혼.

1930년 장편소설 『나르치스와 골드문트』 출간.

1931년 열여덟 살 연하인 니논 돌빈과 재혼.

1932년 소설 『동방순례』 출간. 이 작품은 훗날 『유리알 유희』의 모태가 됨.

1936년 고프트리프 켈러상 수상.

1937년 시집『새 시집』출간.

1939년 제2차 세계 대전이 본격화되면서 1945년 종전까지 헤세의 작품은 독일에서 출판 및 판매가 금지됨.

1942년 헤세의 첫 시 전집으로『시집』이 취리히에서 출간.

1943년 장편소설『유리알 유희』출간.

1945년 시선집『꽃 핀 가지』와 동화집『꿈의 여행』출간.

1946년 전쟁과 정치에 관한 시사평론집『전쟁과 평화』출간.

　제2차 세계 대전이 종전되며 헤세의 작품이 독일에서 다시 출간되기 시작함.

　『유리알 유희』로 괴테상과 노벨 문학상 수상.

1947년 고향 칼브시의 명예시민이 됨.

1950년 브라운슈바이크 시가 수여하는 빌헬름 라베상 수상.

1954년 프랑스 문학가 로맹 롤랑과 교환한 서신을 담은『헤르만 헤세-로맹 롤랑 서한집』과 동화『픽토르의 변신』출간.

1955년 서독 출판협회로부터 평화상 수상.

1956년 헤르만 헤세상 제정.

1962년 몬타뇰라의 명예시민이 됨.

　8월 9일, 뇌출혈로 몬타뇰라에서 사망.

헤르만 헤세 1877년 독일의 소도시 칼브에서 선교사의 아들로 태어났다. 어린 시절 시인이 되고자 수도원 학교를 중퇴한 뒤, 시계 공장과 서점에서 견습생으로 일했다. 이십대 초부터 작품 활동을 시작하여 소설 『페터 카멘친트』, 『수레바퀴 아래서』 등을 발표했다. 1914년 제1차 세계 대전이 발발하자 '독일 포로 구호' 기구에서 일하며 전쟁 포로들과 억류자들을 위한 잡지를 발행하고 전쟁의 비인간성을 고발하는 글들을 발표했다. 이후 『싯다르타』, 『나르치스와 골드문트』, 『동방 순례』, 『유리알 유희』 등의 수준 높은 작품을 잇달아 탄생시켰고, 1946년 노벨 문학상을 수상했다. 독일 문학의 거장으로 자리매김한 헤르만 헤세는 1962년 8월 제2의 고향 몬타뇰라에서 숨졌다.

이옥용 1957년 서울에서 태어났다. 서강대학교와 동대학원에서 독문학을 공부하고, 독일 콘스탄츠대학교에서 독문학과 철학을 공부한 뒤, 서울대학교에서 박사 학위를 받았다. 2001년 '새벗문학상'에 동시가, 2002년 '아동문학평론 신인문학상'에 동화가 각각 당선되었다. 2007년 동시로 제5회 '푸른문학상'을 받았으며, 지은 책으로 동시집 『고래와 래고』가 있다. 현재 번역문학가로도 활발히 활동하고 있으며, 옮긴 책으로 『변신』, 『압록강은 흐른다』, 『그림 속으로 떠난 여행』, 『우리 함께 죽음을 이야기하자』, 『데미안』, 『헤르만 헤세 환상동화집』, 『헤르만 헤세 시집』 등이 있다.

클래식 보물창고에는
오랜 세월의 침식을 견뎌 낸
위대한 세계 문학 고전들이 총망라되어 있습니다.
세대와 시대를 초월하여 평생을 동반할 '내 인생의 책'을
〈클래식 보물창고〉에서 만나 보세요.

1. 이상한 나라의 앨리스 루이스 캐럴 지음 | 황윤영 옮김

특유의 유쾌한 상상력과 말놀이, 시적인 묘사와 개성적인 캐릭터, 재치 넘치는 패러디와 날카로운 사회 풍자로 아동청소년문학사와 영문학사에 큰 획을 그은 루이스 캐럴의 환상동화.
★ BBC 선정 영국인 애독서 100선 　★ 학교도서관사서협의회 추천도서

2. 키다리 아저씨 진 웹스터 지음 | 원지인 옮김

서간문이라는 독특한 형식과 소녀적 감성이 결합된 성장기이자 로맨스 소설! 20세기 초 사회의 모순을 고발하고 개혁을 주장했던 진보적인 사상은 페미니즘 문학으로서의 의미를 더한다.
★ 학교도서관사서협의회 추천도서

3. 보물섬 로버트 루이스 스티븐슨 지음 | 민예령 옮김

인간이 가진 절대적인 선과 악을 그린 세계 최초의 해양모험소설. 영국 빅토리아 시대의 흥미진진한 꿈과 낭만을 대변하는 동시에 선악의 경계를 아슬아슬하게 줄타기하는 인간의 욕망을 고찰한다.
★ BBC 선정 영국인 애독서 100선

4. 노인과 바다 어니스트 헤밍웨이 지음 | 민예령 옮김

헤밍웨이 문학의 총 결산이자 미국 현대문학의 중추로 일컬어지는 걸작. 생애의 모든 역경을 불굴의 투지로 부딪쳐 이겨 내는 인간의 모습을 하드보일드한 서사 기법과 절제미가 돋보이는 문체로 형상화했다.
★ 노벨 문학상 수상작가 　★ 퓰리처상 수상작 　★ 노벨연구소 선정 세계문학 100선
★ 대학수학능력시험 출제 작품

5. 하늘과 바람과 별과 시 윤동주 지음 | 신형건 엮음

우리나라 사람들이 가장 많이 애송하는 '민족 시인' 윤동주의 문학 세계를 엿볼 수 있는 시와 산문을 한데 모았다. 시대의 아픔을 성찰하며 정면으로 돌파하려 한 저항 정신은 물론이고 인간 윤동주의 맨얼굴을 만날 수 있다.
★ 연세대 필독도서 200선

6. 봄봄 동백꽃 김유정 지음

어려운 현실을 풍자와 해학으로 극복한 한국 근대소설의 정수, 김유정의 대표작을 모았다. 원전을 충실하게 살려 아름다운 우리말을 풍요롭게 담고, 토속적 어휘는 풀이말을 달아 이해를 도왔다.

7. 거울 나라의 앨리스 루이스 캐럴 지음 | 황윤영 옮김

『이상한 나라의 앨리스』보다 한층 탄탄해진 구성과 논리적인 비유를 통해 보다 깊고 넓어진 재미와 감동을 선사하는 후속작. 현실 속의 정상과 비정상, 논리와 비논리, 의미와 무의미의 경계를 고찰한다.
★ BBC 선정 영국인 애독서 100선 　★ 명사 101명이 추천한 파워클래식 　★ 학교도서관사서협의회 추천도서

8. 변신 프란츠 카프카 지음 | 이옥용 옮김

현대인의 고독과 불안을 그림으로써 20세기 실존주의 문학의 발전에 커다란 영향을 끼친, 20세기 문학계에서 가장 난해한 '문제작가'로 꼽히는 프란츠 카프카의 대표작을 모았다. 원전에 충실한 번역으로 특유의 문체가 지닌 묘미를 만끽할 수 있다.
★ 서울대 권장도서 100선 　★ 연세대 필독도서 200선 　★ 미국대학위원회 SAT 권장도서

9. 오즈의 마법사 L. 프랭크 바움 지음 | 최지현 옮김

영화, 뮤지컬, 온라인 게임 등 다양한 장르로 재생산되어 지구촌 대중문화를 견인함으로써 문화 콘텐츠가 가지는 파급력의 정도를 생생하게 보여 주는 세기의 고전. 짜릿한 모험담 속에 담긴 치유의 기운이 마법 같은 순간을 선물한다.

★ 학교도서관사서협의회 추천도서

10. 위대한 개츠비 F. 스콧 피츠제럴드 지음 | 민예령 옮김

미국 현대 문학의 거장으로 꼽히는 F. 스콧 피츠제럴드의 대표작. 미국에서만 한 해 30만 부 이상 팔리는 스테디셀러로, 재즈 시대를 살았던 젊은이들의 욕망과 물질문명의 싸늘한 이면을 담아 낸 명실공히 미국 현대 문학의 최고작.

★ 〈타임〉지 선정 100대 영문 소설   ★ 미국대학위원회 SAT 권장도서
★ 〈뉴스위크〉지 선정 100대 명저   ★ BBC 선정 꼭 읽어야 할 책

11. 오 헨리 단편선 오 헨리 지음 | 전하림 옮김

평범한 소시민의 일상과 삶의 애환을 따뜻한 시선으로 그린 오 헨리 문학의 정수로 손꼽히는 작품을 모았다. 인도주의적 가치관 위에 부조된 작가적 개성의 특출함을 만끽할 수 있다.

12. 셜록 홈즈 걸작선 아서 코난 도일 지음 | 민예령 옮김

세기의 캐릭터와 함께 펼치는 짜릿한 두뇌 게임. 치밀한 구성과 개연성 있는 전개, 호기심을 자극하는 독특한 설정이 포진되어 있음은 물론, 추리의 과정부터 카타르시스가 느껴지는 결말이 펼쳐져 있는 매력적인 소설.

13. 소공자 프랜시스 호즈슨 버넷 지음 | 원지인 옮김

사랑의 입자를 뭉쳐 만들어 놓은 것 같은 캐릭터를 통해 사랑의 선순환을 형상화한 소설. 순수한 직관과 무한한 잠재력을 지닌 동심의 세계를 느낄 수 있다.

14. 왕자와 거지 마크 트웨인 지음 | 황윤영 옮김

대중성과 작품성을 겸비해 '미국 현대문학의 아버지'로 평가받는 마크 트웨인의 대표작으로 '뒤바뀐 신분'이라는 숱한 드라마의 원조 격인 소설. 부조리하고 불합리한 사회상에 대한 날카로운 비판과 통쾌한 풍자 속에 역사적 지식과 상상력을 담아 냈다.

15. 데미안 헤르만 헤세 지음 | 이옥용 옮김

자신의 내면세계를 향해 고집스럽게 걸음을 옮긴 주인공 싱클레어의 성장을 그린 영원한 청춘의 성서. 철학, 종교, 인간을 끊임없이 탐구했던 작가의 깊이 있는 시선과 인간 내면의 양면성에 대한 치밀한 묘사가 시선을 사로잡는다.

★ 노벨 문학상 수상작가

16. 말괄량이와 철학자들 F. 스콧 피츠제럴드 지음 | 김율희 옮김

재즈 시대의 자유분방한 젊은이들의 풍속도를 그린 F. 스콧 피츠제럴드의 소설집. 1920년대 고동치는 젊은이의 맥박을 생생하게 전달했다는 평가를 받는 작품들을 모았다.

17. 벤자민 버튼의 시간은 거꾸로 간다 F. 스콧 피츠제럴드 지음 | 김율희 옮김

70세의 노인으로 태어나 결국 태아 상태가 되어 삶을 마감하는 벤자민 버튼의 일생을 그린 환상소설을 비롯해 『위대한 개츠비』의 전신이라고 할 수 있는 F. 스콧 피츠제럴드의 작품들을 모았다. 실험적이고 혁신적인 화법으로 생생하게 형상화한 재즈 시대를 만끽할 수 있다.

18. 이방인 알베르 카뮈 지음 | 이효숙 옮김

출간과 동시에 하나의 사회적 사건으로까지 이야기된 알베르 카뮈의 대표작. 부조리하고 기계적인 시스템 속에서 인간이 부딪치게 되는 절망적 상황을 짧고 거친 문장 속에 상징적으로 담아낸, 작품 자체가 '이방인'인 소설.

★ 노벨 문학상 수상작가 ★ 노벨연구소 선정 세계문학 100선

19. 크리스마스 캐럴 찰스 디킨스 지음 | 김율희 옮김

영국의 대문호 찰스 디킨스의 작가 정신과 개성이 고스란히 담겨 있는 대표작. 19세기 영국 사회의 구조적 모순과 크리스마스 정신, 인간성의 회복을 그린 영원한 고전이자 크리스마스의 상징이 되어 버린 소설.

★ BBC 선정 영국인 애독서 100선 ★ 학교도서관사서협의회 추천도서

20. 이솝 우화 이솝 지음 | 민예령 옮김

2,500년 동안 이어져 온 삶의 지혜와 철학을 담은 인생 지침서이자 최고(最古)의 고전! 오랜 세월 인류가 축적해 온 지식과 철학이 함축되어 있으며 남녀노소 누구나 읽을 수 있는 인류의 고전이라 할 수 있다.

21. 수레바퀴 아래서 헤르만 헤세 지음 | 함미라 옮김

작가의 자전적 경험이 녹아들어 있는 헤르만 헤세의 대표적인 성장소설. 총명한 한 소년이 개인의 자유와 개성을 억압하는 딱딱한 교육 제도와 권위적인 기성 사회의 벽에 부딪혀 비극으로 치닫는 이야기를 섬세하게 그리고 있다.

★ 노벨 문학상 수상작가 ★ 서울대 선정 고전 200선 ★ 국립중앙도서관 청소년 권장도서

22. 너새니얼 호손 단편선 너새니얼 호손 지음 | 한지윤 옮김

『주홍 글자』로 유명한 호손은 에드거 앨런 포, 허먼 멜빌과 더불어 미국 낭만주의 문학의 3대 거장으로 꼽힌다. 이 책은 45년간 우리나라 교과서에 실리기도 했던 「큰 바위 얼굴」을 비롯해 호손 문학의 대표 단편소설 11편을 실었다.

23. 에드거 앨런 포 단편선 에드거 앨런 포 지음 | 황윤영 옮김

「검은 고양이」, 「모르그 거리의 살인 사건」 등으로 유명한 에드거 앨런 포는 미국 낭만주의 문학의 거장이자 단편문학의 시조이며 추리 소설의 창시자이기도 하다. 기괴하고 환상적인 소재를 통해 인간 내면의 광기와 복잡한 심리를 치밀하게 형상화했다.

★ 미국대학위원회 SAT 권장도서 ★ 노벨연구소 선정 세계문학 100선

24. 필경사 바틀비 허먼 멜빌 지음 | 한지윤 옮김

장편소설 『모비 딕』의 작가 허먼 멜빌은 에드거 앨런 포, 너새니얼 호손과 함께 미국 낭만주의 문학의 3대 거장으로 꼽힌다. 정체불명의 필경사 바틀비의 '선호하지 않는' 태도와 철학은 갑갑한 현실 속에서 우리에게 깊은 공감과 위로를 이끌어 낸다.

25. 1984 조지 오웰 지음 | 전하림 옮김

『멋진 신세계』, 『우리들』과 더불어 세계 3대 디스토피아 소설로 불리는 걸작으로, 가공의 국가 오세아니아의 전체주의 지배하에서 인간의 존엄을 지키고자 했던 한 인물이 파멸되어 가는 과정을 그렸다. 오늘날에도 여전히 유효한 이 작품 속 경고는 시간이 지날수록 그 힘이 더욱 강력해지고 있다.

★ 뉴스위크 선정 세계 100대 명저 ★ 〈타임〉 선정 '20세기 최고의 책 100선'
★ 노벨연구소 선정 세계문학 100선 ★ 〈모던 라이브러리〉 선정 '20세기 100대 영문학'

26. 걸리버 여행기 조너선 스위프트 지음 | 김율희 옮김

풍자 문학의 거장 조너선 스위프트의 『걸리버 여행기』는 결코 온순하지 않다. 이 작품의 원문은 18세기 영국의 정치와 사회뿐만 아니라 인간의 본성을 신랄하게 풍자하고 있기 때문이다. 이 무삭제 완역본에는 스위프트가 고찰한 인간과 사회를 관통하는 통렬한 아이러니가 고스란히 담겨 있다.

★ 서울대 선정 고전 200선　★ 미국대학위원회 SAT 권장도서
★ 〈뉴스위크〉지 선정 100대 명저　★ 노벨연구소 선정 세계문학 100선

27. 헤르만 헤세 환상동화집 헤르만 헤세 지음 | 이옥용 옮김

헤세의 대표적인 동화 16편이 실린 작품집으로, 자기 발견과 자아실현을 위한 갈등과 모색을 독창적이면서도 환상적으로 표현했다. 또한 난쟁이, 마법사, 시인 등 신비로운 인물들과 천일야화, 중국과 인도의 민담, 신화 등 초자연적이면서도 경이로운 이야기들이 다채롭게 펼쳐진다.

★ 노벨 문학상 수상 작가

28. 별 마지막 수업 알퐁스 도데 지음 | 이효숙 옮김

특유의 시적 서정성과 감수성으로 19세기 말 프랑스의 정취를 그려 낸 작가 알퐁스 도데의 단편소설을 모았다. 그의 대표작 『별』부터 전쟁의 비극을 감동적으로 풀어 낸 『마지막 수업』까지 알퐁스 도데의 진면목을 만끽할 수 있는 작품 15편이 들어 있다.

29. 피터 팬 제임스 매튜 배리 지음 | 원지인 옮김

연극, 뮤지컬, 영화 등으로 재탄생되며 100년이 넘는 세월 동안 전 세계 사람들의 사랑을 받아온 '영원히 늙지 않는' 고전! 어른이 되지 않는 '피터 팬'과 어른이 없는 나라 '네버랜드'를 탄생시킴과 동시에 '피터 팬 신드롬'이라는 말을 낳으며 동심의 상징이 되었다.

30. 제인 에어 샬럿 브론테 지음 | 한지윤 옮김

『폭풍의 언덕』과 함께 '브론테 자매'의 걸작으로 손꼽히는 샬럿 브론테의 대표작으로, 어린 나이에 홀로 고난과 역경을 이겨 내고 오로지 '열정'으로 나이와 신분을 뛰어 넘어 사랑을 쟁취하는 여성, 제인 에어의 삶과 사랑을 자서전 형식으로 그려 냈다.

★미국대학위원회 SAT 권장도서　★BBC 선정 영국인 애독서 100선　★연세대 필독도서 200선

31. 폭풍의 언덕 에밀리 브론테 지음 | 황윤영 옮김

에밀리 브론테가 남긴 유일한 소설로, 주인공의 광기 어린 사랑과 복수를 통해 인간 내면의 세계와 본질을 그려 냄으로써 오늘날 세계 10대 소설, 영문학 3대 비극으로 꼽히며 세계문학사의 걸작으로 남은 작품이다.

★미국대학위원회 SAT 권장도서

32. 젊은 베르테르의 슬픔 요한 볼프강 폰 괴테 지음 | 함미라 옮김

독일 문학사를 일거에 드높였다는 평을 받는 세계적인 문호 요한 볼프강 폰 괴테가 젊은 시절의 체험을 바탕으로 써 내려간 자전적 소설. 찬란하지만 위태로운 젊음의 이면성을 격정적인 한 젊은이를 통해 그려 냈다.

★피터 박스올 〈죽기 전에 읽어야 할 100권의 책〉 선정도서

33. 바스커빌가의 개 아서 코난 도일 지음 | 한지윤 옮김

〈셜록 홈즈〉 시리즈 사상 최악의 적수와 벌이는 사투가 팽팽한 긴장감을 자아내며 끝까지 숨쉬는 것도 잊게 만들 정도로 독자들을 사로잡는다. 독자들과 평론가 양쪽 모두에게 그 어떤 작품보다도 뛰어나다는 평가를 받아 온 아서 코난 도일의 대표작.

34. 헤르만 헤세 시집 헤르만 헤세 지음 | 이옥용 옮김

소설 『수레바퀴 아래서』, 『데미안』, 『싯타르타』 등으로 꾸준한 사랑을 받고 있는 독일 문학의 거장 헤르만 헤세의 시 105편을 묶었다. 통일과 조화를 꿈꾸며 화합하는 삶을 살고자 한 헤세의 고뇌를 엿볼 수 있다.

＊'클래식 보물창고'는 끝없이 이어집니다.